私の東アジア考古学

西谷 正

Nishitani Tadashi

1938▸2019

海鳥社

はじめに――傘寿一周年

昨年といえば、平成時代最後の年に当たるが、その七月三日（火）の早朝に、大正・昭和・平成という三つの時代を生き抜いた母が、満一〇一歳の天寿を全うした。その悲しみを癒してくれるかのように、その数カ月後には私にとってありがたいことが続いた。まず、九月三〇日に、文化庁創立（一九六八年）五〇周年を記念して、文化庁長官（宮田亮平氏）から表彰を受けた。それは、「永年にわたり、九州の文化財関係の委員を多数歴任し、遺跡保護に尽力するなど、我が国の文化財保護に多大な貢献をしている」という功績に対するものであった。

ついで、一一月一一日（日）には、無事に傘寿を迎えることができた。ちょうどその日は、私が館長を務める宗像市郷土文化学習交流館すなわち海の道むなかた館において、二〇一二（平成二四）年四月二八日の開館以来毎月続けている館長講座日であった。昨二〇一八年度のテーマは「日本古代史の諸問題―九州を中心として―」であったが、第八回目の当日は「元岡出土の庚寅年銘大刀」を取り上げた。講座終了後の夕刻には館内において、ボランティアの地域学芸員や受講者らが中心となり八五名の方々のご参加を得て、「西谷館長傘寿お祝いの会」を盛大に催していただいた。コーラスや着ぐるみを着てのアトラクションなど、手作りのイベントで実に楽しいひとときを過ごすことができた。さらに夜の二次会も二十数名の皆さんが参加して下さり、大いに盛り上がった。このような傘寿の祝賀の宴は、一〇月から一二月にか

傘寿祝賀会（2018年11月11日、吉原賢治氏撮影・提供）

けて、全部で大小八カ所八回も催していただき、これまでの人生で最高の幸せ感を味わうことができた。そして、一二月一五日付で、小著『地域の考古学―私の考古学講義―』（梓書院）を発刊することができたことは、私にとって三重の喜びとなった。このような喜びをバネとして、私の東アジア考古学研究を気持も新たに深化させたいと思う。

このほど、傘寿から一周年を迎え、平成から令和へと新しい時代の幕明けに当たり、私の東アジア考古学研究の過去・現在・未来を語るべく、まずは過去から現在までを振り返ってみることにした次第である。

大竹幸恵氏画
（2007年）

私の東アジア考古学◉目次

第一章　私の歩み

第二章　忘れ得ぬ人々

［凡例］
再録の文章は、数字や年号の表記など一部改変した。
本文中の漢字は、人名など固有名詞を除き新字体に統一した。

第一章

私の歩み

第一節

歴史の宝庫・高槻に生まれ、育つ

私は、一九三八（昭和一三）年一一月一一日の午前一一時に、大阪府高槻《たかつき》市大字上田部《かみたなべ》五八番地（現、芥川《あくたがわ》町二丁目一三―一二）で生まれた。高槻は、大阪府の東北端に当たり、JRの大阪駅と京都駅のちょうど中間、それぞれ二一・五キロのところに位置する。上田部の田部は、律令時代の田部に由来する地名であり、また、芥川は古代では在原業平《ありわらのなりひら》の『伊勢物語』にも登場する芥川と係わり、中世には三好長慶《みよしながよし》の芥川城が知られる。そして、近世に入ると、譜代大名・永井侯三万六〇〇〇石の城下町として、また、西国街道の芥川宿が置かれ、一里塚が残っている。当時は道の両側に榎《えのき》が一対二本植わっていたが、現在も東側の一本が元気に樹齢を重ねている。芥川宿の東の次の宿場は梶原である。ここが私の先祖の発祥の地で、日蓮宗の昌林山一乗寺が菩提寺であり、墓地もある。梶原は、古代に東大寺へ作瓦六〇〇〇枚を送った梶原寺（『摂津職解』正倉院文書）に地名の起こりがある。ちなみに、梶原では奈良時代の瓦窯跡も調査されている。このように、生まれながらにして、豊かな歴史的環境の中で育つことになったわけである。

さて、西国街道沿いに立つ自宅からは、指呼の間に天神山があり、ご祭神が武日照命《たけひなてるのみこと》・野見宿禰命《のみのすくねのみこと》と菅原道真命の上宮天満宮が鎮座する。私にとって、ここは氏神様をお祀りする信仰の場であるとともに、元気盛りの子供の遊び場でもあった。そればかりか、終戦時の一九四五（昭和二〇）年四月一日に入学した高槻市芥川国民学校（三年時から高槻市立芥川小学校）には軍隊が駐屯していて教室が足りなかったので、天満宮の境内で野外授業さえ行われた。なお、同じ境内の一角には、式内社の野見神社が摂社として祀られているが、そこには巨岩群が露出していて、おそらく横穴式石室の天井石であると考えるようになるのは、ずっと後のことである。

兄の功とともに（3、4歳ごろ）

　戦争末期のころの男の子たちの遊びといえば、大体、戦争ごっことか、チャンバラごっこであった。その舞台がまさに天神山であったが、ある日、谷合の赤茶けた地層断面のところで、仲間が変な器《うつわ》の破片を拾った。それがきっかけとなって、器集めが始まったのであった。器をほじくり出す道具はドライバーで、掘り出した器の破片は、銭湯に行くときに使うタオルや石鹸を入れる金属製の小型の入れ物に入れた。これらがいわば発掘（現在では盗掘）用道具であった。小学校五年生のころのことであった。このことが、私の考古学人生の原点ということになるだろうか。このように身近なところに遺跡があったこと、そして、遺跡との出会いが、私を考古学への道に誘ってくれたわけである。このことから、私たちの身のまわりに、博物館・美術館・図書

著者が中学生のころの家族写真

館や体育館などの施設を生活環境の一部として整備する必要性を痛感するのである。つまり、子供たちに、いろんな可能性を提供することが大切なのである。現在、勤務している宗像市の海の道むなかた館において、来館者の中に子供たちの姿を見出すにつけ、私の子供のころのことを思い出すのである。

やがて、一九五一（昭和二六）年四月、高槻市立第二中学校に進学したころには、天神山遺跡などで拾い集めた土器類が少し貯っていた。そして、それらの土器が何であるかを知りたくなって、図書室に行くと、考古学に関する書物がただ一冊だけあった。それは、戦前の一九二九年に『博物館』（アルス）という書名で出版されたものが、一九四一年に『考古学入門』（創元社）という書名で装いを新たに再版されたものである。著者は、一九一三（大正二）年に京都大学に日本ではじめて考古学講座が開設されたときの初代教授であり、後に総長も務められた濱田青陵（耕作）先生であった。濱田先生は、ヨーロッパ留学から帰られて、ヨーロッパの博物館の見聞録を手ごろな書物として、また、子供たちにもわかるように平易な文章で書かれていたので、私にとっては貴重な参考書となったわけである。

中学二年生のころ、当時の国鉄京都駅の北側の前に、丸物物産館という百貨店があった。確か京都で一番大きな百貨店であったと記憶するが、その三階か四階に図書コーナーがあり、そこで運命の一冊と出会うことになった。その一冊とは、創元社から発刊されたばかりの小林行雄先生著作の『日本考古学概説』（一九五二年四月、三版。初版は一九五一年）であった。早速に買い求めて、その場で表紙をめくって、巻頭の写真図版に目をやっていて、小躍りして喜ぶことになった。すなわち、写真図版の第三図「弥生式土器の文様」の五に、櫛描文の写真を見つけたのであった。この文様とまったく同じ櫛描文のある土器破片を、小学生のころ、天神山遺跡で採取していたわけである。このことで、天神山遺跡の土器が弥生時代中期のものであることがわかった。そのときの喜びと感動が、そのまま現在まで続く結果となった次第である。そのような書物であった『日本考古学概説』は、私にとって原点に位置づけられるので、いまも大切に座右に置いている。この話は、海の道むなかた館を訪れた中学生にも披露することさえあるほどである。

弥生土器の櫛描文
（小林行雄『日本考古学概説』３版、1952、創元社より）

『日本考古学概説』とともに、中学二年生時に担任をしていただいた武安《たけやす》芙美枝《ふみえ》先生との出会いも大きな出来事であった。子供心にも大変美しい先生で、私をずいぶんかわいがって下さった。ご自身は国語の先生であったが、ご主人が国鉄職員である一方、考古学を趣味としておられた。武安先生は、生徒が熱心にやっているからとご主人を紹介して下さった。それからは、ご主人の休日には高槻市内各地の遺跡見学に連れて行っていただいた。そのつど、現場のおもしろさと楽しさに夢中になって行ったことを思い出す。そのときの感動が、現在まで貫く私の現場主義の起点になっているのかもしれない。

私が通学する中学校は、戦後間もないころにできた、木造二階建ての粗末な校舎であったし、グラウンドはサッカーをしていると、ボールが自然と転げていくような傾斜をもっていた。ところがあるとき、ブルドーザーでグラウンドを水平にするべく整地工事が行われていたところ、弥生土器が一杯出て来たのである。当時のこととはいえ、発掘調査などはもちろん行われず、私たちが土器を少し拾い集める程度であった。いま振り返ってみると、そこが地域の拠点になるような大規模集落の遺跡であったかもしれないと思えてならない。

通学では毎日、前述の芥川右岸の土手の上の道路を通り、そこから遠く茶臼山古墳（宮内庁指定・継体天皇陵）や近くの今城塚古墳（真の継体大王陵）を見ることができた。また、時には素盞嗚尊《すさのおのみこと》神社境内に塔心礎が露出したままの、白鳳時代の寺院跡である芥川廃寺跡に立ち寄ることもあった。こうして、日本古代史上の第一級の遺跡群との自然な出会いも重なって、私の考古学熱は高まるばかりであった。

そのほか、中学一年生のとき、生徒会の書記に選出されたり、二年生の秋から翌年にかけて、新聞部員の私は『高槻市立二中新聞』に「郷土史」を連載したりもしたことである。

一九五四（昭和二九）年の春、地元の大阪府立島上高校に進学すると、勉強ぎらいであったが、歴史好きの私は何の躊躇もなく地歴部に入った。当時、部員は少なかったが、顧問の一人であった太田計夫《かずお》先生のご指導のもと、玉野上周三《たまのうえしゆうぞう》先輩らと読書会に参加した。確か伊豆公夫の『日本歴史』をテキストに使ったようであったが、とても科学的で新鮮な印象を受けたことをはっきりと覚えている。それにもまして、太田先生が折に触れ、「魏志倭人伝」や邪馬台国・卑弥呼のことを熱っぽく語っておられたことを思い出す。お話の内容はまったく憶えていないが、口角あわを飛ばす独特の語り口だけは、はっきりと脳裏に焼きついている。また、太田先生を通して、北山茂夫・林屋辰三郎・奈良本辰也教授らを中心とする、全盛期の立命館史学の雰囲気にも触れたような気がする。

一方、そのような歴史書の輪読といったデスクワークとは別に、遺跡・史跡の見学などのクラブ活動があった。あるとき私は、文芸部が飛鳥地方を見学することを知って参加させていただいたところ、ちょうど飛鳥寺（法興寺）の塔心礎が発掘中で、お姿を見かけた担当者が鈴木嘉吉《かきつ》・坪井清足《きよたり》両先生であったことは後に知ることになるのである。野外活動では天神山遺跡での遺物採集があり、放課後が待ち遠しいほどであった。こちらは、顧問の根津哲夫先生がご熱心で、毎週土曜日の放課後には、私たちを引率して下さった。発掘（盗掘）した弥生土器などをリヤカーに満載して帰校する途中、阪急電車の踏切を渡った南側で、根津先生から回転焼か鯛焼を買ってもらうのも、食べ盛りの私たちにとって、いつしか楽しみの一つになっていた。

当時、高校の東隣りの旧・日本陸軍の工兵隊の跡地には、もとの兵舎をそのまま使って、高槻市立第一中学校とともに、大阪外国語大学の教養課程があった。太田先生の友人で、かつて島上高校の英語教師であった佐原先生（当時、ＮＨＫアナウンサーに転出）の弟さんに当たる佐原真さんが、その教養課程に在籍しておられた。佐原さんは、紺色で詰め襟の制服に角帽をかぶって通学しておられたが、考古学者を志しておられたこともあってか、私たちにとって、すでに大先生に見受けられた。そのような関係で、私たちのクラブ活動をご指導下さった。とりわけ、天神山遺跡で収集した弥生土器の整理にたびたびご足労をいただいた。そればかりか、縄文土器の施紋方法や、畿内第Ⅰ様式から第Ⅴ様式までの弥生土器の型式編年に至るまで、考古学の初歩の手ほどきを受けた。あるとき、『石器時代』第三号の抜刷をいただいた。その末尾にはドイツ語で書かれたサマリーが載せられていた。その後、私の大学卒業論文にドイツ語の要旨Die Subjektiven Bedingungen von den Zustande Kommen der Yayoi Kulturを付けたのは佐原さんのまねをしたかったからである。日ごろのクラブ活動の発表の場である文化祭のときには、徹夜で準備をし、家庭科教室の畳の上で、二人で座ぶとんをかぶって仮眠したりもした。

そのころ、第一中学校の校長は、天野高信先生であったが、三島郷土史研究会をも主宰しておられた。天野先生は、後述する天坊幸彦先生のお仕事を継承された高名な郷土史家であられたが、私たち高校生にも実に気軽にお相手下さった。三島郷土史研究会では、三島地方の教員や地歴部員などが一丸となって、郷土史の解明に勤しんでいた。会場は、順番で各校をまわったが、どの学校にもとても研究熱心で個性的な先生方がおられた。専門的な研究発表にわからないこともあったが、北野高校の村川行弘先生（後、大阪経済法科大学教授）による、吹田市の釈迦ケ池須恵器窯跡の調査報告だけは記憶によく残っている。

また、高槻市では、市史の編纂が進んでいて、編纂委員の大阪大学・藤直幹《ふじなおもと》先生や関西大学・鋳方貞亮《いがたさだあき》先生らを天神山遺跡にご案内したことがあった。

ところで、そうしたところへ、藤澤長治先生が、京都大学の考古学研究室から東淀川高校へ転出して来られ、おまけに島上高校の近くに住まわれることになった。そこで早速、三島郷土史研究会では、共同作業として天神山遺跡の発掘を行うことを決め、一九五五（昭和三〇）年の夏休みに実施される運びとなった。

発掘調査では、わが島上高校がリーダーシップをにぎり、茨木・春日丘・吹田・浪速工業の五高校のクラブが参加したほか、ニュースを知って、大阪の北野・清水谷西高校生や京都の鴨沂《おうき》高校生もかけつけた。調査本部は現場近くの霊松寺に置かれて、当時、火葬場であった現在の市立図書館（倉庫）の西側が発掘地点に選定された。発掘調査の専門的な技術指導には、藤澤先生を助けて、京都大学から学生の小野山節氏（現、京都大学名誉教授）、立命館大学の上野彰子氏（後、藤澤先生夫人）らが参加されたが、京都大学の横山浩一氏（後、九州大学名誉教授・福岡市博物館長）や平安高校考古学部の原口正三先生（後、島上高校教諭）ご一行の姿もときどき見かけた。昼休み時には、現場のすぐそばの旧・陸軍墓地の松林の中で、茨木高校の東晶《ひがしあきら》先生（後、吉田晶・岡山大学名誉教授）のご指導で歌を合唱したり、和気あいあいとした楽しい発掘で、多くの友達もできた。いま振り返ると、一九五三（昭和二八）年に実施された岡山県・月の輪古墳の発掘調査に通じるところがあったのではなかろうか。

天神山遺跡にて、大阪大学教授・藤直幹先生に説明する高校１年生の著者（1954年ごろ）

　夏休みを利用しての発掘作業が終わり、新学期が始まると、島上高校で出土品の整理を行うことになり、放課後に土器の洗《せん》滌《じょう》から接合・復元までの整理作業が続いた。その指導には、京大から小野山氏や田中塚《みがく》氏（後、奈良国立文化財研究所長）らがときどき来て下さったお陰で、文化祭は成功裡に終わり、翌年には藤澤先生によって、タイプ印刷ではあったが報告書が公刊された。

こうした過程を経て、私の考古学熱はいよいよ高まっていった。また、翌一九五六（昭和三一）年の春休みには、大阪府茨木市の将軍山古墳（前期・前方後円墳）の調査が、京都大学考古学研究室の小林行雄先生の指揮で行われることを知り、私はもちろん喜び勇んで参加させていただいた。何よりも私にとって、中学二年生のとき出会った『日本考古学概説』の著者である小林行雄先生にはじめてお目にかかったのである。京大からは、小林先生を調査主任に、小野山・田中両氏のほか、金関恕《かなせきひろし》氏（後、天理大学名誉教授）・秋山進午《しんご》氏（後、富山大学名誉教授）らが調査員として精を出しておられた。さらに、当時の文部省科学研究費で学術調査が行われた関係であろうか、各地の研究者が交代で参加されていた。すなわち、島根大学の山本清先生（後、名誉教授）や広島大学の潮見浩氏（後、名誉教授）・本村豪章氏（後、東京国立博物館研究員）ら錚々たる方々である。調査期間中には、いろんな方々が見学に来られた。そのとき、私の生涯の恩師となる有光教一先生と樋口隆康先生にもはじめてお目にかかれた。

私は、最初のうちは、西国街道の約八キロの道のりを自転車で通ったが、そのうち小林先生のご配慮とはいえ、厚かましくも調査団の宿舎であったお寺に泊めていただくことになり、考古学の専門家の中に高校生の私が一人交じって、発掘に参加できる幸せをしみじみとかみしめたことであった。調査開始時は小雪の舞う日もあったが、調査が終わるころには桜花が満開であった。調査は前方後円墳の墳丘測量から始まった。小林先生がポールを持って測点を指示されたところに私が箱尺を立て、平板の小野山氏とトランシットの金関氏とがコンビとなって作図が進められた。後円部の発掘が進むと竪穴式石室が現れたが、私はもっぱら排土作業が仕事であった（一八一頁写真参照）。石室はひどく盗掘を受けていて副葬品はほとんどなかった。とはいえ、石室の構築に前後五回の工程があり、そのつど丹の塗布が行われたことや、石材は和歌山付近から運ばれた結晶片岩であることなど、貴重な成果が得られた[1]。

発掘調査が終わってしばらく経ったころ、小林先生から現金封筒を送っていただいた。中には確か三〇〇〇円入っていた。そして、添えられたお手紙には、「西谷君に考古学の本でも買って送ろうかと思ったけれど、ますます考古学の世界に打ち込んで受験勉強がおろそかになっては困るので、あえて本は送らない」というお心遣いが行間にあふれていたが、もはや私の考古学への憧れは、まっしぐらに先へと突っ走っていたのである。後年、小林先生が福岡に来られたとき、西谷君を考古学という悪い（恵まれない）道に引き込んだのは自分だとおっしゃって私を紹介して下さったことを思い出す。そのとき私は、やっと小林先生の弟子であることを自覚するとともに、将軍山古墳における体験を改めて感謝したことである。

糸島市・新町支石墓遺跡を視察する小林行雄先生（左から２人目）。
中央は藤井功・福岡県教育委員会文化課長、左端は著者

高校生の私は、いま述べたような考古学だけでなく、歴史・地理・民俗にも興味を抱いた。三年生の夏休みには、当時、高槻のチベットともいわれた高槻北郊の川久保集落

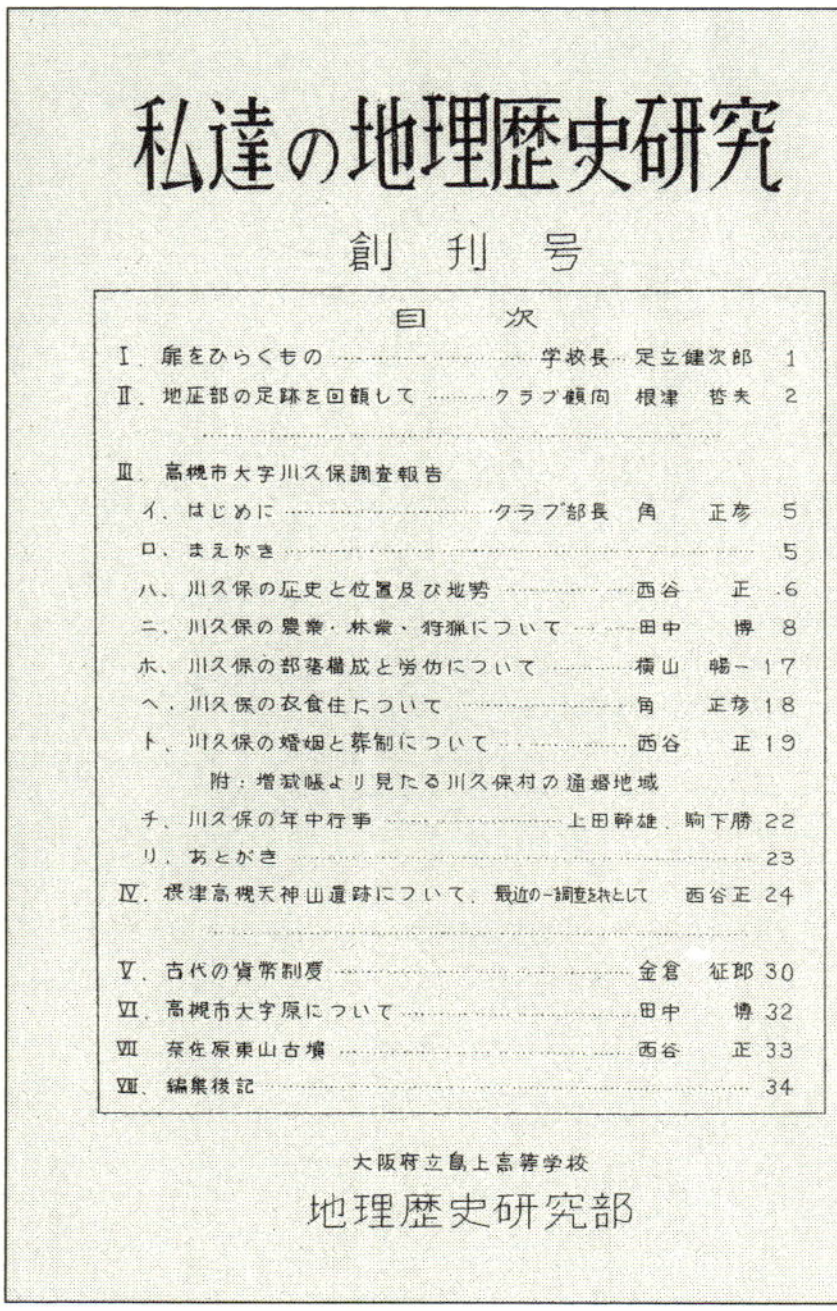
私達の地理歴史研究
創刊号
目次
Ⅰ、扉をひらくもの……学校長　足立健次郎　1
Ⅱ、地歴部の足跡を回顧して……クラブ顧問　根津　哲夫　2
Ⅲ、高槻市大字川久保調査報告
イ、はじめに……クラブ部長　角　正彦　5
ロ、まえがき……5
ハ、川久保の歴史と位置及び地勢……西谷　正　6
ニ、川久保の農業・林業・狩猟について……田中　博　8
ホ、川久保の部落構成と労役について……横山　暢一　17
へ、川久保の衣食住について……角　正彦　18
ト、川久保の婚姻と葬制について……西谷　正　19
附：増減帳より見たる川久保村の通婚地域
チ、川久保の年中行事……上田幹雄、駒下勝　22
リ、あとがき……23
Ⅳ、摂津高槻天神山遺跡について、最近の一調査を中心として　西谷正　24
Ⅴ、古代の貨幣制度……金倉　征郎　30
Ⅵ、高槻市大字原について……田中　博　32
Ⅶ　奈佐原東山古墳……西谷　正　33
Ⅷ、編集後記……34
大阪府立島上高等学校
地理歴史研究部

『私達の地理歴史研究』創刊号表紙

において、地歴部で総合調査を実施した。磐手《いわて》小学校の川久保分校の宿直室に泊めていただいて、宗旨人別帳などの古文書の分析や民俗に関する聞き取り調査などを行った。調査と整理を終えると秋の文化祭でその成果を発表した。そして、学年末に創刊した『私達の地理歴史研究』という機関誌において特集を組んで報告した。

高校一年生のときには、太田計夫先生のお推めもあって、『高槻を中心とした切支丹宗門盛衰の考察』を作成した。高校が、キリシタン大名として知られる高山右近の高槻城跡にあったことに加えて、三島郷土史研究会において、三島の隠れ（潜伏）キリシタンについて藤波大超《だいちょう》先生からよく話を聞くなど、知らず知らずのうちにキリシタンに関心を持つようになっていた。この論文は、大阪府下高校社会科研究会主催の第八回生徒研究発表会で発表し、入賞するという結果をもたらした。ちなみに、この三年前の第五回では、当時、今宮高校生の水野正好《まさよし》氏（後、奈良大学長）が弥生土器の文様研究（「七寶繫袱状文所謂木葉状文考察」）で入賞されている。後の二〇一〇（平成二二）年一〇月三一日に、折りから甘木歴史資料館で開催中の秋季企画展「秋月・今村のキリシタン」の関連イベントとしての第一回講演会で「キリシタン考古学の成果」について話をすることができたのも、その論文が出発点となっていると思えてならない。

中・高校生のころの私の参考書は、天坊幸彦先生の『郷土高槻』と『上代浪華の歴史地理的研究』が主要なものであった。天坊先生は、旧制浪速高校（現、大阪府立大学）の教授で、高槻にお住まいであった。ちなみに、ご子息は旧国鉄の副総裁をなさった方である。ところで、いまでこそ、学界では真の継体大王陵が今城塚古墳であることは定説化しているが、そのことをはじめて主張されたのが天坊先生であった。いわゆる三島地域は、律令時代には東・西それぞれ摂津国の嶋上郡と嶋下郡に分かれていた。天坊先生は、古文献史料や地名などをもとに条里制の研究から、郡境を定められた。継体大王陵について『日本書紀』継体天皇紀二五年の条には藍野陵に葬りまつると見える。そして、『延喜式諸陵寮』では摂津国嶋上郡にあると記す。そこで、嶋上郡で大王陵クラスの古墳を探すと、果たして今城塚古墳を見出すことになる。なお、旧嶋下郡に属し、現在、宮内庁が継体天皇陵に比定している茶臼山古墳は、六世紀前半の今城塚古墳より古い五世紀の中ごろの築造になるものである。その被葬者について私は、継体大王つまり男大迹王《おほどのきみ》の祖父に当たる人物を、そして、父に当たる彦主人王《ひこうし》の墳墓として近江の鴨稲荷山《かもいなりやま》古墳を考えている。(2)

『上代浪華の歴史地理的研究』は、私にとって実に大切な書物である。戦後間もない一九四七（昭和二二）年五月発行（大八洲出版）のこととて、紙質はとても悪いが名著といえる。それを、一九五五年八月一九日に、京都の文華堂において二五〇円で購入したが、現在も座右に置いている。

今城塚古墳に対しては、その後、科学的で考古学的な発掘調査が行われた上で、その成果にもとづいて立派に保存整備され、また、そばには高槻市立今城古代歴史館が開設されて、市民に広く活用されている。そのような調査から活用に至る諸事業は、原口正三先生の指導を受けた、森田克行氏（現、今城古代歴史館特別館長(3)をはじめとする、島上高校地歴部の私の後輩たちが担当して来た。クラブ活動の先輩としてうれしい限りである。

そのほか私は、生徒会の執行委員長も経験するなど、充実した三年間を過ごすことができた。思えば、小・中・高と初・中等教育の過程を通じて、身の回りに著名な遺跡や史跡があるという恵まれた環境に育ったことが、現在の私の原点になっているといえよう。そして、すばらしい先生や同好の仲間にめぐり会えたことも幸運であった。

注

(1) 吉田章一郎・大塚初重『考古学ノート四　原史時代Ⅱ』一九五八、日本評論新社
(2) 森浩一・門脇禎二編『継体王朝―日本古代の謎に挑む―』二〇〇〇、大巧社
(3) 森田克行『今城塚と三島古墳群』二〇〇六、同成社

第二節　古都・奈良で学び、各地の発掘調査に参加

高校を卒業して大学受験に失敗した私は、いわゆる浪人生活を一年間過ごすことになった。そこで、京都の洛北にあった関西文理学院という予備校に通った。市電烏丸《からすま》線を下車して予備校に向かう道すがら、京都大学へ出勤途上の有光教一先生のお姿をときどきお見受けした。その有光先生が、後に私の朝鮮考古

学研究の一生の恩師なろうとは、そのときは想像さえつかなかったことである。予備校の先生方はほとんどが京大の助手や大学院生の方々であったが、専門分野で錚々たる先生方であるような風格があった。そのような先生方のお一人に、日本史担当で古代史の門脇禎二先生がおられた。とても辛い灰色の一年間で、唯一の救いは門脇先生の講義であった。

池田源太先生（左）。右手前は西弘海氏、中央は著者（1968年、宇治二子山古墳にて）

一年間の予備校生活を早々と切り上げた私は、一九五八（昭和三三）年四月に、奈良学芸大学（現、奈良教育大学）第二部（中・高教員養成課程）文科史学専攻に入学した。指導教官は、古代史の池田源太先生であった。池田先生からは、日本の古代史・神話学・民俗学や文化人類学など幅広く指導を受けた。考古学は、学外講師の佐藤虎雄先生が出講しておられた。講義の底本は、佐藤先生の『日本考古学』（一九三二、国史講座刊行会）であったが、古墳時代を中心に、歴史時代にも言及されていたことを記憶する。

大学四年間は、授業のほかは仲間と『資本論』や『日本書紀』を輪読したり、歴史研究会での史跡めぐり、研究発表会で活動した。それに対して私の考古学の勉強は、ほとんど学外においてであった。まず、高校生のころから会員であった古代学研究会の例会などで、森浩一先生をはじめとする関西の諸先生・諸先輩から多くのことを学んだ。奈良では、大学の遠い先輩にも当たる旧制奈良師範出身の伊達宗泰《むねやす》先生（後、花園大学教授）に、発掘調査にお誘いを受けたり、歴史地理考古学という新鮮な学問分野に触れる機会を与えていただいたりもした。

夏休みを待ち兼ねていたかのように、現場好きの私は各地の発掘調査に出かけた。そのうち、とくに印象に残る調査を少し紹介しておきたい。一九五八（昭和三三）年八月、大学一年のひと夏は、大阪府池田市の茶臼山古墳において、小林行雄先生を顧問に、堅田直《ただし》先生（後、帝塚山《てづかやま》大学教授）を現場主任格とし、畿内の典型的な前期前方後円墳の竪穴式石室が発掘され、(1)その調査に参加させていただいた。ここでは、後円部裾と墳頂部の後円部から前方部に移る付近の二カ所で埴輪円筒棺が見つかった。とても興味深く、埴輪円筒棺調べに夢中になり、調査結果は大学の歴史研究会で発表した。その折、小林先生が宿舎の学校体育館の一隅で、寸暇を惜しまれるかのように『図解　考古学辞典』（一九五九年六月初版、東京創元社）の原稿を執筆されていたお姿が強烈な印象として残っている。

二年生の夏休みは、地元奈良市の平城宮跡の発掘調査に参加したが、鈴木嘉吉・坪井清足両先生のもとで行われていた調査が大規模であり、組織的であったことに圧倒された。

大学最終年時の一九六一（昭和三六）年の夏休みは、大学生時代最大の経験が待っていた。京都大学人文科学研究所教授の水野清一先生を団長に、東亜考古学会最後の発掘調査が長崎県壱岐島を代表する原《はる》の辻《つじ》遺跡で行われることになり、その調査に参加できたのである。大学四年間、折に触れ、京都大学に小林行雄先生をお訪ねしたり、立命館大学における小林先生の講義を受講させていただいたりした上に、そのつど両大学近くの喫茶店でコーヒーをご馳走していただくといった間柄や、水野先生と小林先生の信頼関係が篤かったこともあって、小林先生から私にお誘いがかかったのではなかろうか。

調査に先立って行われた準備状況を見て驚いたことがあった。海外調査をずっと行って来られた水野先生は、助手たちに調査資材を購入するよう指示された。その際、大阪の阪急百貨店に行って、上から下まで降りながら大量の資材を購入され、それらを京都駅から国鉄の貨物便で壱岐に送られた。そのやり方のスケールの大きさには圧倒されんばかりであった。

原の辻遺跡の調査では、九州大学助教授の岡崎敬《たかし》先生が現場主任のような立場で作業をリードしておられたが、先生から私は土器の出土状況の実測について、手をとるかのようにご指導いただいたことを思い出す。調査には、東京国立博物館から三木文雄・藤田国雄両先生も参加しておられ、調査期間中に種々にわたって興味深い考古学談義に花が咲いた。

原の辻遺跡における三五日間の発掘調査が終わると私は、その足で卒業論文の資料収集も兼ねて、一週間ほどかけて九州一周旅行を行い、山陰の出雲経由で帰宅した。まず、福岡県・春日市の竹ヶ本遺跡の発掘現場を、福岡県教育委員会の渡邉正氣《せいき》氏のご案内で水野・岡崎両先生とともに見学した。そのころ、長崎県の島原半島の東西で重要な発掘調査が行われていた。つまり、日本考古学協会が主催して、「日本農耕文化の生成」のテーマのもと、各地で発掘調査が実施されていたのである。その一つとして島原半島の西海岸・小浜の郊外では、原山遺跡の支石墓が発掘中であり、福岡県立福岡高校の森貞次郎先生と鳥取大学の藤田等先生らが担当しておられた。岡崎先生が、自分は行けないから代わりにと私を推薦して下さったお陰で、皆さんの宿舎に泊めていただき、石棺墓一基の発掘と実測を任せて下さったのである。次は、鹿児島で大学先輩の中村明蔵氏（ラ・サール高校教諭。後、鹿児島国際大学教授）宅に泊めていただき、

『高槻の弥生文化』表紙

鹿児島県立玉龍高校の河口貞徳先生のご自宅で種々にわたってご指導いただいた。そして、宮崎市へまわり、当時、宮崎神宮の境内にあった県立博物館に鈴木重治先生を訪ね、縄文時代における農耕関係石器などについてご教示をいただいた。

　こうして卒業論文の題目を「弥生文化成立の主体的条件」とした。小学五年生のときに採取した弥生土器から興味が始まり、日本の民族文化の基本となる稲作文化や、画期的な技術革新ともいうべき金属器文化の生成過程の研究がテーマであった。弥生文化の成立には、縄文時代の日本列島内部における主体的条件が醸成されつつあったところへ、朝鮮半島南部からの外的条件、いい換えると渡来人による技術移転が加わって一挙に、弥生文化を特徴づける稲作と金属器の文化が成立したと考える内容であった。

　卒業論文に先立って二年生の終わりのころ、『高槻の弥生文化』と題する概説をまとめた小冊子を発刊した（『郷土高槻叢書』第一三輯、一九六〇年三月三一日、高槻市教育委員会）。その「はしがき」の中で私は、「これから先、私が八〇歳位まで生きることができたとして、六〇年間は勉強できる」と記しているが、そのことはいま、現実のものとなったのである。

そのほかにも、大阪府和泉市の聖《ひじり》神社境内における、日本ではじめての窯塚（横穴式木室墳）とも呼ばれる火葬墓の発掘経験は、その後に大阪府茨木市で遭遇した上寺山古墳の発掘の際に大いに活かされた。また、大阪府教育委員会が一九五八（昭和三三）年に魚澄《うおずみ》惣《そう》五郎《ごろう》博士（当時、文化財専門委員）に依頼して行った岸和田市の久米田寺文書(2)の調査では、当時の藤澤一夫技師のお手伝いをさせていただいた。このとき、中世文書の紙質や筆跡を手に取って観察できたことに望外の幸せを感じた。

一方、大学三、四年生のころは、高度経済成長の政策のもと、各種の開発工事に伴う緊急調査に忙殺されたことが記憶に残っている。その最たる事例が名神高速道路の建設工事であった。高槻市の土保山《どほやま》古墳の発掘調査は、京都大学考古学研究室の陳顕明氏が中心となって担当され、私も調査補助員として参加した。中心の埋葬施設である竪穴式石室の実測には小野山節さんが当たられたが、私は寸法を測る役割でお手伝いをしながら、実測技術を伝授していただいた。ちなみに、その東側隣接地点では木棺が完存し、漆塗の長弓が包蔵されていて大きな話題を呼んだことであった。そのほか、土壙墓を埋葬主体とする紅茸山《べにたけやま》古墳や、猿投《さなげ》窯産の灰釉陶器の蔵骨器を出土した岡本山東地区遺跡が印象的である(3)。

同じく高槻市の塚脇古墳群は、横穴式石室が民間の宅地開発によって破壊されることから、私が現場主任で島上高校地歴部ＯＢ諸君の応援によって緊急発掘を行った。やがてその報告書は、私のはじめての単著として刊行された(4)。その間、報告書作りのノウハウについて小林行雄先生から厳しく、かつ懇切なご指導をいただいた。そして、表紙を飾る題字は、大学の恩師である池田源太先生にお願いした。ちなみに、妻の周子（旧姓釘丸）は恩師の姪に当たる。

学生時代のことで、学内外では友人と前述のように『資本論』を輪読したり、続日本紀研究会に入会して、直木孝次郎・岸俊男・井上薫といった雲の上の先生方の末席で『続日本紀』の輪読を拝聴した経験も、後になって大いに役立つことになった。

なお、大学三年生のころから六年間、高槻市史編纂委員会の資料整理員として市史編纂事業の末端を経験したことは、その後に市史編纂を主担するときの礎として役立つことになった。

注

（1）堅田直『池田市茶臼山古墳の研究』（『池田市文化財調査報告書』第一輯）一九六四、池田市

（2）『和泉久米田寺文書』（『大阪府文化財調査報告』第九輯）一九五九、大阪府教育委員会

（3）西谷正『紅茸山及岡本山東地区遺跡の調査』（『高槻市文化財調査報告書』第二冊）一九六六、高槻市教育委員会

（4）西谷正『塚脇古墳群』（『高槻市文化財調査報告書』第一冊）一九六五、高槻市教育委員会

第三節　東アジア考古学のメッカ・京都で朝鮮考古学を専攻

上述したように、私の大学卒業論文は「弥生文化成立の主体的条件」であった。そして、外的条件として朝鮮半島側に求めた。そこで、朝鮮考古学の泰斗・有光教一先生が在籍しておられた京都大学の考古学研究室を目指したのは当然の帰結であった。

一九六二（昭和三七）年三月に、奈良学芸大学を卒業（教育学士）した私は、まず四月に、京都大学文

学部聴講生として、史学科考古学専攻に入学した。そして翌五月には、水野正好さんの後任として、元興寺極楽坊中世庶民信仰資料調査研究室に一時、アルバイト勤務をしたが、翌一九六三年四月には京都大学大学院文学研究科考古学専攻聴講生として入学して、修士課程入学を目指すことになった。

そんな中、同年七月には、高槻市の弁天山古墳群が大手企業の大規模宅地開発で破壊されるという事態が発生した。用地内には一四基の古墳が推定された。大阪府教育委員会と大手企業の間で協議が行われた結果、主墳クラスの弁天山と岡本山の両前方後円墳を保存し、その他は記録保存されることになった。結果的には、破壊される古墳の八基が発掘調査によって確認された。調査は、大阪府教育委員会と高槻市教育委員会の共催で一九六三（昭和三八）年七月から一二月にかけて実施された。調査顧問として、小林行雄先生ら大阪府文化財専門委員の三氏が就任され、堅田直氏ら五名の調査委員が担当した。調査には、大阪大学・同志社大学・京都大学・立命館大学などの学生・院生が多数参加した。私は高槻市教委嘱託として、島上高校教諭の原口正三先生と組んで弁天山C1号墳の調査を分担した[1]。全長七〇メートルを超す前方後円墳の後円部に竪穴式石室と粘土槨を、また、前方部にも粘土槨をそれぞれ築いていた。とくに、後円部の石室はひどく壊れていたが、粘土床内外から出土した副葬品は、銅鏡三面・碧玉製腕飾品・装身具・鉄刀など豊富に完存していた。これで、私はそれまでの将軍山・茶臼山古墳に続いて弁天山C1号墳と、近畿地方の前期前方後円墳の典型的な竪穴式石室を三基発掘したことになる。しかも、いずれもが小林行雄先生のご指導によるもので、よき師と遺跡に遭遇した幸運を改めて嚙み締めたことである。

調査が終わると、いよいよ大学院の受験である。一九六三（昭和三八）年一一月末から翌年二月中・下旬にかけての三カ月間近く、午前中の数時間の仮眠のほかは毎日徹夜が続くという猛勉強に没頭した。このときほど勉強したことは、私の一生で後先にないのである。まず、大学の卒業論文に補論として、「九州縄文晩期の諸問題」を付け加えることから始めた。受験科目のうち、考古学はとくに準備しなかったが、東洋史は参考書を丸暗記した。外国語は一次試験を英語と二次をドイツ語にすることにした。そのため、英書ではArnold J.Toynbeeの"Civilization on Trial"（London Reprinted　一九五七）を一一月二九日から毎日二頁を目途に読み、翌年二月一七日に二六三頁を読み上げている。ドイツ書はFriedrich Engelsの"Der Ursprung der Familie, des Privateigentums und des Staats"を、一一月二八日から毎日四頁を目標に読み、翌年二月二二日に一八三頁を読破している。しかし、結果的にはドイツ語の試験は出題されず、二次試験も英語であった。英語の文献で、確かWheeler Mortimerの"Archaeology from the Earth"（Oxford University London　一九五四）であったと思うが、それを渡され、二〇頁ほどであったかを読んで、quadrant method（四分割法）について説明せよ、という問題であった。入試の最後は、文学部教授会メンバー全員が居並んでおられる会議室に一人坐らされて、卒業論文を中心に口頭試問を受けることになった。主査はもちろん有光教一先生、それに副査が東洋史学の田村實造《じつぞう》先生と国史学の岸俊男先生であった。そのときの試問の内容は、緊張の余りかほとんど覚えていない。幸いにして試験に合格した。とてもうれしかった。合格通知の第一報は、私淑していた奈良学芸大学の地理学・民俗学の林宏先生と父・西谷松三に入れた。

一九六四（昭和三九）年四月に、京都大学大学院文学研究科修士課程考古学専攻に入学すると、水が堰を切って流れ出すような勢いで学習と研究に没頭することになった。

大学院の講義では、有光先生と樋口先生から、それぞれ朝鮮（原始・古代）と中国（殷周青銅器）の、そして、小林先生から日本とくに古墳時代の考古学を教わった。また、人文科学研究所からは、水野清一先生と貝塚茂樹先生も講義を持っておられた。水野先生は、海外調査で出張が多く、研究所で行われる講義は休講がちであった。国史学では岸俊男助教授の「大化改新の研究」と、教養部からの上田正昭助教授の「日本古代国家論」の講義を受けられたのは幸運であった。このことから、上田先生は私を弟子扱いにして下さり、後に『日本古代史大辞典』（二〇〇六、大和書房）の編集委員の一人として末席に起用して下さった。

聴講生の時代から単位に関係なく受講した授業には、小林先生の考古学実習、横山浩一助手の独書（Hans Jürgen Eggers "Einführung in die Vergeschichte" Munchen 一九五九）と小野山節助手の英書（V. Gorden Childe "New light on the Most Ancient East" New York 一九五七）の講読があった。考古学実習では土器の製作技法の勉強のためであろうか清水焼の窯元とか、報告書作りの参考にするべくコロタイプ印刷の真陽社や大手の大日本印刷の京都工場など学外に出て実地に学ぶこともあった。そのころ、小林先生は写真家の藤本四八《しはち》氏と共同で『装飾古墳』（一九六四、平凡社）を作成されたが、その際、都出《つで》比呂志《ひろし》氏とともに挿図製作をさせて下さった。文学部・文学研究科の講義ではまず、大阪外語大学から言語学講座に来講しておられた金思燁先生に朝鮮語入門を教わった。当時、韓日辞典もなかった時代で、金先生が板書される朝鮮語を書き写して編集した一冊のノートが、私の辞書代わりになった。

学外では、立命館大学で定期的に開かれる日本史研究会古代史部会に出席した。そのころ、門脇禎二先生の大化改新論が大きな話題を呼んでいて、京都大学の原秀三郎氏（後、静岡大学名誉教授）の熱のこもった発言の印象が強烈に残っている。また、藤澤長治先生のご自宅では私的な研究会が催されていて、立命館大学の喜谷美宣《きたによしのぶ》氏、同志社大学の白石太一郎氏、京都大学の都出比呂志氏らと弥生・古墳時代の研究に花が咲いた。その折、ときどき姿を見せていた藤澤先生ご子息の敦《あつし》少年は現在、東北大学総合学術博物館教授ならびに日本考古学協会埋蔵文化財保護対策委員会委員長として活躍中である。

さて、大学院入学当初から、朝鮮考古学を専攻することに決めていたが、いうまでもなく弥生文化成立の外的条件として朝鮮考古学、具体的にいうと土器・磨製石器・稲作技術・金属器・墓制などのテーマがあった。そのうち、朝鮮半島における青銅器・鉄器の起源と生成過程を取り扱った、「朝鮮初期金属器文化論」を一九六六（昭和四一）年一月に修士論文として書き上げた。その一部は、専門雑誌に発表[2]しているが、単著としては未刊のまま筐底に秘したままになっている。

修士課程の同級生は、西アジア考古学の桑山正進《しょうしん》氏と日本考古学の都出比呂志氏に私の三人であった。三人とも博士課程への進学を希望していたが、結果は私一人が不合格になった。ちょうどそのころ、韓国の国立博物館から韓炳三氏（後、国立中央博物館長）が一年間の予定で留学しておられたが、私の進退をめぐってずいぶんと心配して下さっていた。進学できなかった私は、研究員の資格で引き続き研究室に残って研究を続けた。その際、韓炳三氏を案内して、九州旅行に出かけた。まず、九州大学に岡崎敬先生をお訪ねすると、到着を待っておられたかのように、小林行雄先生から電話があったので、すぐ返事をするようにと言われた。福岡市内の天神の公衆電話からかけると、奈良国立文化財研究所の研究員に欠員ができたので、採用試験を受けてみないかというご紹介であった。少し考えさせていただくことにした上で、次の訪問先の熊本女子大学の乙益重隆先生の研究室の電話をお借りして、受験させていただきたい旨のお返事を差し上げたのであった。

注

（1）原口正三・西谷正「弁天山Ｃ1号墳」『弁天山古墳群の調査』（『大阪府文化財調査報告』第一七輯）一九六七、大阪府教育委員会

（2）西谷正「朝鮮におけるいわゆる土壙墓と初期金属器について」『考古学研究』第一三巻第二号、一九六六、考古学研究会。西谷正「朝鮮における金属器の起源問題」『史林』第五〇巻第五号、一九六七、史学研究会

第四節　平城宮跡を掘り、韓国へはじめて短期留学

そのようにして、私は一九六六（昭和四一）年七月に文部技官に採用された。原秀三郎氏の静岡大学への転出に伴う欠員補充人事であった。勤務先となった奈良国立文化財研究所では平城宮跡発掘調査部第四調査室に配属され、平城宮跡の発掘に従事することになった。研究所にはわずか二年九カ月しか在職しなかったが、実に多くのことを経験した。発掘では、第二次朝堂院の朝集殿の調査を主担した。遺物整理は瓦の整理室に所属した。ここで、藤井功（後、九州歴史資料館副館長）・松下正司（後、比治山大学教授）・森郁夫（後、帝塚山大学教授）ら諸氏から平城宮瓦について指導を受けた。また、瓦とは別に、私一人特命を受け、鉄器の保存処理も担当した。そのため、東京国立文化財研究所で数日間の実地研修を樋口清治氏から受けた。平城宮跡における保存科学の先駆けといえよう。

翌一九六七（昭和四二）年四月には、文部省科学研究費補助金（奨励研究A）の交付を受け、「朝鮮磨製石器の集成的研究」を行うなど、大学院の研究テーマを持ち続けることができた。それにつけても朝鮮語の学習は必須であった。そこで、大阪外国語大学で朝鮮語を専攻された考古学研究者の永島暉臣慎《きみちか》氏を講師に迎えて、平城宮跡の事務所の一角で夜に勉強会を開いた。数人のメンバーの中には、日本古代史の鬼頭清明氏（後、東洋大学教授）もおられた。私はその上、大阪市の上本町八丁目にあった大阪外国語大学の夜間部における永島氏の講義にも仕事明けの夜に通ったこともあった。こんなこともあってか、佐原真氏らが作った研究員のいろはガルタの中で私は「飯《めし》より朝鮮」と詠われた。ちなみに、私は調査・研究に没頭できる幸せから、昼食を抜いて身を引き締めていたのである。当時の給料は二万五〇〇〇円であったが、朝夕二食付の下宿代の残りは、少々嗜む酒代のほかは、すべてが書籍代であった。

　ところで、一九六八（昭和四三）年には、京都府宇治市において二子山古墳が開発工事の危機にさらされ、その緊急調査が実施されることになった。そこで、京都府教育委員会は宇治市教育委員会と協議した結果、奈文研に調査員の派遣要請があり、私に白羽の矢が立ったのである。調査担当者には、京都府文化財専門委員でもあられた有光教一先生が就任され、私は調査補助員を組織して、二月一九日から六五日間を要して発掘調査を実施した。補助員の顔ぶれを見ると、京都大学から中村徹也（後、山口県埋蔵文化財センター所長）、桃野真晃（後、富山県教育委員会）、藤丸詔八郎（後、北九州立自然史・歴史博物館）、西弘海（後、奈良国立文化財研究所研究員）諸君の名が見える。同じく京都大学の学生であったが、吉田恵二君（後、國學院大學教授）は宇治分校の教養課程に在籍し、作業員の一人としてアルバイト参加であった。そのとき、熱心な作業員であったので将来の志望を聞いたところ、東洋史学専攻に進学し、宋代史を研究したいと言っていたが、進学したときは考古学専攻学生となっていた。内心とてもうれしかった。ちなみに、作業員の主力は、宇治少年院の子供たちであった。

それはともかく、調査の結果、宇治二子山古墳は前方後円墳ではなく、円墳が二基連接することがわかり、また盗掘は受けていたが、粘土槨や木棺直葬の埋葬施設から豊富な副葬品を出土した。私は、調査終了後、簡単なパンフレット（概要版）を出したとはいえ、韓国への短期留学や福岡県教育委員会への転出が続いたため、報告書未刊のままであった。ところが、調査から二三年後の一九九一（平成三）年三月に、当時、宇治市教育委員会におられた杉本宏氏が中心となって、正式の学術報告書を発刊し[1]て下さった。私は、固辞したとはいえ結果的には「発刊に寄せて」の一文を寄せて、無責任さを懺悔した気持であった。

海美遺跡にて。左から尹武炳・韓炳三・金正基・金鍾徹の諸先生。
金正基先生の前は著者（1968年）

宇治二子山古墳発掘調査終了後五カ月ほどして、また、私の人生にとって大きな出来事が起こった。一九六八（昭和四三）年九月から三カ月間にわたって、文部省在外研究員（短期）として、大韓民国へ出張することになった。永年の夢がまた一つ現実化したのである。

九月三日に伊丹空港から出発したが、坪井良平先生と工楽《くらく》善通《よしゆき》さんらにお見送りいただいた。一時間ほどでソウルの金

東萊貝塚製鉄炉跡（1968年）

浦空港に到着すると、三カ月間お世話になる国立博物館（館長・金載元博士）考古課の韓炳三さんが館長公用車で迎えに来て下さっていた。考古課で机を一ついただき、「韓国における古代都城制形成過程の研究」を行うことになった。日常的には、ソウル東南郊外の下宿先から博物館にバスで通ったが、できるだけ韓国の遺跡を多く見たいと、研究テーマの新羅都城の遺跡が密集する慶州はもちろん全国各地を踏査した。さらに、考古課が行った無文土器（青銅器）時代の忠清南道瑞山の海美遺跡や、原三国時代の釜山市の東萊貝塚の発掘調査にも参加した。ちなみに、海美遺跡からは、後に松菊里型と呼称されるようになる竪穴住居跡がはじめて検出され、また、東萊貝塚では、「弁辰鉄を出ず」（『三国志』弁辰伝）という記事に符合する製鉄炉が発見された。

注

（1）『宇治二子山古墳発掘調査報告』（『宇治市文化財調査報告書』第二冊）一九九一、宇治市教育委員会

第五節　開発との戦い

三カ月の在外研究を終えて一二月三日に帰任すると、翌日か翌々日には平城宮跡の発掘現場に立っていた。すると、ある日のこと、坪井清足部長が現場に来られ、開口一番「お前！　九州に二、三年行ってくれ！」と言われた。私は二つ返事でお受けした。私の即答に対して坪井部長は、まあ家族ともよく相談してから返答するようにと言われた。私にとっては、かねて憧れの地・九州で仕事ができるという、願ってもないお話として受け留めていたのである。

こうして、一九六九（昭和四四）年四月一日付で、福岡県教育委員会事務局技術吏員として転出し、発足したばかりの福岡県教育庁文化課（現、文化財保護課）に勤務することになった。この人事には、前年の九月に社会教育課にすでに転出しておられた藤井功さんの引きがあったのではなかったかと、秘かに憶測している。折りから、山陽新幹線・九州縦貫自動車道をはじめとする各種開発工事に対応するため、いわゆる原因者負担に伴う緊急調査を担当することになった。私は、酒井仁夫《よしお》・石山勲・副島邦弘さんらとチームを組んで、九州縦貫道の建設予定地の発掘調査を担当した。この調査に着手するまでの準備期間には、着任早々、柳田康雄・副島さんらと当時、三井郡小郡町《おごおり》（現、小郡市）にあった津古《つこ》内畑遺跡の民間宅地造成に伴う緊急調査に従事した。その際、はじめて経験する関係書類の作成の仕方について柳田さんから懇切な指導を受けた。そればかりか、九州の土に慣れない私のため、弥生時代前期末の木棺墓の検出の手ほどきも丁寧に受けた。それらの恩義は未だに忘れられない。津古の公民館に寝泊りしながらの発掘調査はとても充実したものであった。当時、文化庁におられた木下忠氏の依頼をお受けし、寸暇を割いて、九州の弥生時代に関する小文をはじめて発表したの[1]も、いまではなつかしい思い出となっている。なお、同年一〇月の日本考古学協会昭和四四年大会研究発表において、柳田・副島さんと連名で津古内畑遺跡の調査成果を報告している。

いよいよ九州縦貫道関連の緊急発掘が始まると、私自身も広川町・小郡町・瀬高町の遺跡調査を担当する一方、チームのリーダーとして、仲間が担当する各地の現場を巡回した。その際、モーターバイクが大いに役立った。かつて大学院進学時に受けた奨学金をつぎ込んで自動車免許を取得していた。これは、当時、水野清一先生が隊長のイラン・アフガニスタン・パキスタン学術調査に将来、参加できる日のことを夢見て取得したものであった。その夢は果たせなかったが、それが九州で役立つとは予測もしなかったことである。

ここで、年間二六〇日以上従事した九州縦貫道関係の調査で、とくに強く印象に残る三つの遺跡の場合を紹介しておきたい。まず第一に当時、小郡町三沢の種畜場遺跡（三沢遺跡）を取り上げる。ここは、県の施設の広大な牧草地であったが、九州縦貫道の土取り場となった。そこで、遺跡の有無も含めて事前調査を行うことになった。調査に当たっては、その結果によっては保存する必要が生じるかもしれないことを念頭に、最小限の発掘に留めるべくテスト・ピットを多数設定する調査方針を取ったのである。調査の結果、予定地西端の丘陵はすでに削平を受けていたが、その他は全域にわたって弥生時代中期の大規模集落が存在することがわかった。そこで、担当者として保存の方向で決断し、それからは陰で市民による保存運動を仕かけた。[2] その結果、幸いにして保存され、一九七八（昭和五三）年には県指定の史跡となり、将来の整備・活用を待っている。ちなみに、すでに早く削平を受けて遺構が遺存しなかった地区は土取りが行われ、その跡地に現在、九州歴史資料館が建っている。資料館と遺跡の一体的な活用を祈らざるをえない昨今である。ちなみに私は、その後の二〇〇八（平成二〇）年から五年間、九州歴史資料館の第七代館長に就任するが、不思議な縁というべきであろうか。その後、編集委員会委員長として『小郡市史』全七巻と補遺編一巻を担当させていただくことになるのも、そのときのご縁によるのであろう。

三沢遺跡試掘調査風景（1971年、九州歴史資料館提供）

　九州縦貫自動車道の開発工事と遺跡の保存問題という点で、久留米市の祇園山古墳は大きな問題を投げかけた。調査を直接担当したのは石山勲さんであったが、私もチーム・リーダーとして係わった。古墳は方墳で、墳頂部に大型の箱式石棺を包蔵していた。ひどく盗掘を受けていたが、現在、高良《こうら》大社に所蔵、保管されている三角縁神獣鏡はここから出土した可能性も指摘されている。筑後における初期の古墳として重要であるが、平野部に面した西側のかなりの部分が削平される工事計画であった。しかし、その重要性から完全保存を訴える市民運動を背景に、墳丘西側斜面の削平を最小限に喰い

大道端遺跡の発掘調査を終えて。
前列右から３人目（麦わら帽子を持つ人）が高田一弘さん（1972年３月）

止めるべく、当時の道路公団の工事事務所と交渉を続け、現状のような形で保存することができた。

そしてもう一つ、当時の山門《やまと》郡瀬高《せたか》町（現、みやま市）の大道端《おおみちばた》遺跡を取り上げる。調査の結果、弥生時代後期の竪穴住居跡も若干検出されたが、とりわけ南北約三四〇メートル、東西二八〇〜三〇〇メートルという、六世紀後半の大規模集落跡で、竪穴住居跡を百数十軒も検出した。竪穴住居には、掘立柱の倉庫や、小鍛冶遺構を伴うものがあるなど重要な成果が得られた。この集落に伴う古墳群は、すぐ東側の女山《ぞやま》に群集して築造されている。なお、女山には、神籠石《こうごいし》系山城があることでも知られる。ところで、遺構群の検出作業が終わり、写真撮影も済んで、いざ実測に取りかかろうとしていた矢先に、思いがけないことが起こった。工事関係者は、もう発掘が終了したと思ったのか、朝からブルドーザーが遺構内に入り始めた。そこで慌てた私は、調査補助員の高田一弘さんと二人で、両手を広げて制止した。幸いブルドーザーは引き揚げてくれた。そのときのカタカタというキャタピラーの音をいまも忘れられない。私は、遺跡の重要性に鑑みて、いろんな形で調査成果を速報した[3]。調査は六カ月余りを要して一九七二（昭和四七）年九月三〇日に終了したが、私はその八カ月後に、後述のように九州大学に転出したので、調査報告書の作成に関して支障を来たした。そのため、調査補助員として調査を共にした、明治大学を卒業して間もない関晴彦さん（現、公益財団法人群馬県埋蔵文化財調査事業団・専門調査役）が、山本信夫氏（現、早稲田大学特任准教授）の協力を得て膨大なものを作成してくれた。私は、九州大学に勤務しながら毎週一日は九州歴史資料館に通ったとはいえ、調査担当者として、無責任さを恥じるとともに、関さんの学恩は未だに忘れられない。なお、大道端遺跡が所在する山門郡は、当時、江戸時代の新井白石以来、邪馬台国九州説の最も有力な候補地であった。そこに、道路幅で南北四キロほどにわたって、いわばトレンチを入れるような問題意識をもって調査に当たった。一方、寸暇を割いて、山門郡全域の資料収集や分布調査を行った。その成果は、後に発表することになった[4]。邪馬台国問題に関しては、山門郡域に一つの国の想定は可能であるが、それ以上のことはいえないと結論づけた。このときのご縁で現在、編さん委員長として、『みやま市史』全六冊の刊行に取り組ませていただいている。それはともかく、発掘現場の激務の寸暇を割いて、金元龍先生の『韓国考古学概説』を訳出したのもこの時期に当たるのである（一九七二、東出版）。

九州縦貫道関係の一九六九（昭和四四）年度の現場作業が、一九七〇年三月二七日に終了すると、翌二八日であったろうか故郷の高槻に飛んだ。二九日に、奈良の春日大社で挙式が待っていたからである。ちなみに新婦は、大分県中津市在住の釘丸満・貞香の長女周子で、式には周子の叔父に当たる富永牧太天理大学教授・図書館長の顔も見られた。なお、翌年生まれの長男・彰は現在、熊本市に本社のある九州文化財研究所の学術上席研究員（ph.D. University of Durham）として、また、その翌々年（一九七三）生まれの次男・郁は西南学院大学非常勤講師などとして、それぞれ考古学・アジア映画文化論の調査・研究に勤しんでいる様子を見るにつけ、愉快な気分にさせてもらっている。なお、次男・郁が後に、私の九大時代の受講生で朝鮮史専攻の小柳宏美さんと結ばれたことも、うれしい限りである。

ところで、九州縦貫道関係の調査が終わった一九七二（昭和四七）年四月からは、兼務発令の出ていた九州歴史資料館（当時、太宰府市）において、膨大な出土品の整理と報告書の作成という二つの事業が待っていた。そうした矢先、前述のとおり一九七三年四月三〇日付で福岡県教育委員会文化課技術主査（係長級）を辞職し、五月一日付で文部教官（九州大学文学部助教授）に採用されて転出した。

あるとき、小郡市の電話もなかった仮寓に九州大学の岡崎敬先生から電報が届いた。「〇月〇日、朝八時に西鉄グランドホテルで会いたし」といった内容であった。私は、何のことだろうと恐る恐るご指定のところに参ると、岡崎先生は、突然、威儀を正されて、「九州大学文学部教授会において、あなたを助教授として迎えることに決まりました」という趣旨のお言葉を述べられた。青天の霹靂とは、こういうことをいうのかと思い、一瞬驚き入ったが、何事も即答をモットーとする私としてはその場でまことにありがたくお受けした。つい先ごろまで開発工事の緊急調査で泥まみれになって働いていた一技師が、突然、大学の助教授に転進することになったわけである。私はまだ三四歳のときであった。いまでは珍しいことではないが、当時としては異例の人事で、全国の技師の皆さんが喝采して祝福して下さったと聞いている。マスメディアも「〝穴掘り〟から助教授に転身」（七月三日付『毎日新聞』）とか、「現場知る行政側から大

"穴掘り"から助教授に転身

考古学の実績買われ

福岡県の技官・西谷さん、九大へ

福岡県教育庁文化課の技術主査（係長級）として遺跡の発掘、調査に取り組んでいた若い技官が、このほど九大文学部の考古学研究室に助教授としてスカウトされた。地方自治体から大学入りするのは全国でも珍しい異色人事。役所内部で"穴掘り屋"といわれている若手技官のグループの中からあざやかな転身だ。

福岡県小郡市小郡上町一一五〇西谷正さん(三四)がその人。六月末九大助教授の正式辞令が出た。

西谷さんは大阪府高槻市出身。奈良学芸大から京大大学院に進み奈良国立文化財研究所に三年近く勤めた。この間文部省在外研究員として韓国にも留学、昭和四十四年四月、福岡県教育庁文化課の発足と同時に技術職員として福岡へ。

福岡県は埋蔵文化財の宝庫といわれるだけに、新幹線、九州縦貫道、宅地開発などが進むにつれ緊急調査が山積み。

西谷さんは、県教委在職中、年間の二百五十—二百八十日は、現場に出て泥にまみれながら発掘、調査に当たった。

そのいそがしい勤務の合間をぬって金元龍ソウル大教授の「朝鮮考古学概論」など三冊の翻訳書を出版するなど朝鮮考古学の新進の学究としても知られている。

九大考古学教室は昨年、鏡山猛教授（現九州歴史資料館長）が定年退官、岡崎敬助教授（中国考古学）が教授に昇格したあと、助教授の後任を選考していたが、西谷さんの業績と将来性に目をつけ、異例の抜てきとなった。

西谷さんの目ざすライフワークは「日本の律令制的古代国家の成立」。その研究のために大学院時代、朝鮮考古学を専攻した西谷さんは、奈良国立文化財研究所の先輩でもある福岡県教育庁文化課の藤井功課長補佐の呼掛けに「大陸にも近い九州は昔から心のあこがれの土地」と福岡にやってきた研究の虫である。

九大では「朝鮮 考古学 概説」「考古学演習」など三講座を担当「ゴム長をはいて土いじりした現場からいきなり教壇に立って大変です。慣れないので講義の前は予習をします」と張り切っている。

1973年7月3日付『毎日新聞』

九州大学考古学講座初代教授の鏡山猛先生

学入り」（七月三日付『朝日新聞』）の見出しで大きく報道した。なお、私の発令が、四月一日付ではなく、一カ月遅れの五月一日付になったのは、県教委時代の一九七〇年一月に、ストライキに参加したとして戒告処分を受けていたことが、文部省にとっては私が労働組合の闘士であるかのような印象を与えていたことによるらしい。

注

（1）西谷正「九州の銅戈」『月刊文化財』一九六九年九月号、第一法規出版

（2）西谷正「小郡の自然と文化財を守ろう」『ふるさとの自然と歴史』第二三号、一九七三、歴史と自然をまもる会。西谷正「ストップ・ザ・小郡スポーツセンター」『ふるさとの自然と歴史』第三八号、一九七四、同会

（3）西谷正「福岡県大道端遺跡の調査」『考古学ジャーナル』No.75、一九七二、ニュー・サイエンス社など

（4）西谷正「山門郡の考古学」『九州文化史研究所紀要』第二一号、一九七六、九州大学

第六節　九州大学の教壇に立つ

いま述べたように、一九七三（昭和四八）年五月一日付で九州大学に移り、文学部の考古学講座に勤務し、また、大学院文学研究科も担当することになった。秋に教養部から進学して来た最初の学生は、藤好史郎・亀田修一・宮内克己・田中良之諸君の四名であった。すでに在籍した者で最高学年は、博士課程の

高倉洋彰《ひろあき》氏であった。学生・院生・聴講生・研究生を合わせても十数名に、岡崎敬教授・下條信行助手に私という小ぢんまりした家庭的な雰囲気が漂う研究室であった。

大学人となった私の仕事は、大きく研究・教育・社会的活動の三つの柱からなっていた。まず、研究面では、主として岡崎教授が中国考古学、下條助手が日本考古学をそれぞれ専門としておられた関係で、私は朝鮮考古学の研究に専念できた。岡崎教授は中国のみならず、シルクロードや朝鮮考古学まで、ご研究の領域は幅広く、韓国の金載元・国立博物館長や金元龍・ソウル大学校教授らとも昵懇な間柄であった。そのため、次々と日韓相互間で留学生の交換が行われた。私にとっては、最高の研究環境のもとで研究に没頭できた。初期のころは、大学院生時代の研究テーマの延長線上で、無文土器の編年や青銅器の社会的位置づけを追究した。そのうち、関心は無文土器（青銅器）時代の前後から、朝鮮史全体の考古学的研究へと広がっていった。そして、一方では日朝間の交流史や、他方では朝中関係史から中国・東北考古学へ、さらにはシルクロードへと研究分野は拡大し続けた。

その過程で、一九七八（昭和五三）年八月から一年間、国際交流基金から派遣され、ソウル大学校博物館訪問研究員として、「韓国と日本の交流に関する考古学的研究」を金元龍先生のご指導のもとで思う存分満喫できた。一年間の留学記は、『韓国考古通信』（一九八一、学生社）として上梓したが、本書は実質的には私の処女作にもなった。書名は、ずっと後になって当時、東京女子大学教授の池明観先生の著作であったことがわかる『韓国からの通信』（岩波新書）になぞらえたものであった。朴正熙独裁政権下の学界状況や人々の暮らしぶりを素直に伝えようとした内容であった。

ソウル大学校における研究生活は、全国で活発化していた発掘調査の現場を時代を問わずできるだけ多

全谷里遺跡発掘現場にて。左から２人目が東北大学教授・芹沢長介先生、１人おいて裵基同氏、著者（1978年11月18日）

く見ておきたいと、足繁く各地の現場に出かけることが多かった。そのうち、もっとも印象に残るものを一つだけ挙げるとすれば、ソウル大学校が実施した全谷里の旧石器時代遺跡の発掘調査に参加できたことである。そのとき、現場主任格で発掘を取り仕切っていた助手の裵基同氏は、漢陽大学校教授を定年退職後、京畿道先史博物館長・韓国伝統文化大学総長を歴任され、現在、韓国の国立中央博物館長の要職にある。全谷里の調査には、日本の旧石器研究の権威者であられた芹沢長介・東北大学教授も一週間ほど参加された。

日朝間交流史の研究に関しては、原始・古代に限って概説書[1]をまとめたが、引き続き中世や近世の続刊が待たれる。そのうち、「日本古代における初期須恵器の研究」に対して、三菱財団人文科学研究助成金を得て、一九八七（昭和六二）年から三年間にわたって、発掘調査と研究を実施した。[2] 朝中関係史の研究は折に触れて取り上げてはいるが、本格的な結実を見るには、ほど遠い感が否めない。

朝鮮半島の北西部付け根に当たるところは、中国の東北地方である。ここは、日本列島の弥生時代、青銅器文化の源郷の地であり、また、古墳時代の倭つまりヤマト王権のことが刻まれた高句麗好太王碑が立つところであってみれば、朝鮮はもとより日本にとっても重要な地域である。そこで、一九八一（昭和五六）年一〇月に、日本考古学者友好訪中団（団長・岡崎敬教授）の秘書長として、はじめて訪問ないし踏査して以来、たびたび調査に出かけて来た。とくに、吉林大学との交流を深め、二〇〇〇（平成一二）年一月には、吉林大学に新たに設置された辺疆考古研究センターの客員教授に就任している。同年一二月にはまた、中国社会科学院に新しく発足した古代文明研究センターの専門家委員会外聘委員に任命され、現在に至っている。さらに、二〇〇一年九月には、浙江省国際良渚学研究センター客員研究員にも就任している。

吉林大学辺疆考古研究センターにて林澐教授とともに（2000年9月9日）

中国・東北地方の遼寧地域は、弥生時代の細形銅剣のルーツになる遼寧式銅剣の分布地域として知られて来たが、同じく弥生時代初期の特徴的な墓制として知られる支石墓の分布地域でもある。そこで、北東アジアの支石墓に焦点を合わせて、一九九四（平成六）年から三カ年にわたり、文部省科学研究費補助金を受けて、「東アジアにおける支石墓の総合的研究」を実施して、その時点での研究の到達点を総括した(3)。そもそも、この研究は、東アジアの視野で弥生文化の形成過程を研究する一環として、九州の弥生時代墓制の研究に着手していた。すなわち、一九七五（昭和五〇）年度に、文部省

はじめて陽関に立つ（1980年10月）

科学研究費補助金による総合研究「東アジアにおける九州弥生時代墓制の研究」（研究代表者・岡崎敬教授）の採択を受けたものであった。その際に、研究分担者・河口貞徳氏を担当者として、一九七六年三月に、鹿児島県日置《ひおき》郡吹上《ふきあげ》町の入《いり》来《き》遺跡の支石墓を発掘調査した。その後、一九八七年には、支石墓研究会を発足させて研究を深めた。そして、一九九二年と翌年の二度にわたり、小郡市史編さん事業の一環として、小郡市大板井遺跡所在の支石墓を発掘調査した[4]。こうしたいわば準備段階を経て、上述のような支石墓の本格的な研究に着手したのであった。

　九州大学の岡崎敬教授は、シルクロード考古学の研究でも知られ、『東西交渉の考古学』（一九七三、平凡社。一九八〇、増補版）という名著を残されている。その岡崎教授は、一九八〇（昭和五五）年に中国の寧夏回族自治区の黒水城[5]（カラホト）へNHKの取材で同行されたが、その放映を契機にシルクロードが一大ブームを起こした。そのような環境に身を置いていた私も、シルクロードに関心を持つようになるのは自然の成行きであった。こうして、一九八〇年一〇月に、はじめての中国、それもシルクロードの蘭州・敦煌・西安へ、九州大学文学部の仲間たちと一緒に研修旅行に出かけた。一六日間にわたる踏査であったが、所要経費は六〇万円を要した。その費用は、文部省の共済組合から高級家具を購入するためという名目で借金した。帰国後、その返済には毎月一万二〇〇〇円ずつで五年間かかった。ともあれ、そのときの見聞は、その後の数回にわたる踏査行とともに、現在でもいろんな場面で役立っている。

その延長線上に位置づけられるのが、文部省科学研究費（海外学術調査）によって実施された九州大学と新疆師範大学との共同研究「中国新疆ウイグル自治区の少数民族とその文化の特質に関する基礎的研究」で、調査は一九八七（昭和六二）年から七年間にわたった。さらに、私個人が研究代表者になって、一九九二（平成四）年から三年間、国際学術研究を実施し、新疆ウイグル自治区の各地を踏査したことで、シルクロードを通じたユーラシア大陸の文明交流の実態に接近できた[6]。

積石塚群が広がるウコック高原にて愛媛大学の村上恭通教授とともに
（1991年8月）

いま述べた踏査行の舞台は、シルクロードのオアシス・ルートに当たるが、その北方には、ステップ・ルート（草原の道）が広がっている。そこで、一九九一（平成三）年八月に、はじめて発掘調査に参加した。当時のソビエト連邦のパジリク王墓に対して、江上波夫・加藤九祚《きゅうぞう》両先生をリーダーに日ソ合同発掘調査が行われたのである。パジリク王墓といえば、凍結墳墓・木槨墓・戦国鏡などのキーワードであまりにもよく知られたところとして、喜び勇んで調査に参加した。

残念ながら永久凍土による凍結墳墓には当たらなかったが、中国の南北朝時代の銅鏡・突厥の墳墓・岩壁画などの発見に恵まれた。[7] ちなみに、発掘調査中の八月二一日に軍事クーデターが起こり、ソビエトが崩壊したというニュースが飛び込んで来た。あわや、ここアルタイに抑留かと不安がよぎったが、幸い政変は平静に終息し、調査は続けられた。

パジリク王墓の発掘は毎日、モンゴル・中国との三国国境に聳える標高四三七四メートルのボゴド・ウラ峰（友宜峰）をながめながらの作業で、山の向こうのモンゴルや中国への歴史ロマンを限りなく掻き立てられた。これまで中国の阿勒泰（アルタイ）は三回踏査していたが、モンゴルは未踏の地であった。そこには有名なノイン・ウラ遺跡があることが知られていた。遺跡は、首都のウランバートルの北方約一〇〇キロほどのところに立地している。二〇〇三（平成一五）年に、そこを訪ねるべく、草原の中を探しまわったがなかなか場所がわからなかった。たまたま通りかかった、採掘のため金鉱山に向かっていたトラックに道を尋ねてようやく現地に立つことができた。発掘地点は陥没したように

ノイン・ウラ遺跡出土の建平５年銘漆器杯
（2003年６月５日、モンゴル国立博物館にて）

凹地になっていた。出土品の多くは、ロシアのエルミタージュ美術館に収蔵されているが、一部はウランバートルにある国立博物館に収蔵、展示されていた。その中には、中国南部産の漆器杯があり、建平五年（BC二）という銘文をはっきりと読むことができた。モンゴルでは、モンゴル帝国の第二代オゴタイ・ハンの都、カラコルム遺跡も踏査した。ドイツや日本の調査隊が協力して、その解明が進んでいた。

もう一つのシルクロードはマリーン・ルート（海の道）である。一九九三（平成五）年二月に、ベトナムにおけるチャム陶器窯跡の発掘調査に参加した折、各地を踏査した。ホイアンの日本人町の遺跡や、一七世紀中ごろの伊万里焼の採集、そして、ホイアン東方沖に浮かぶクー・ラオ・チャム島におけるイスラム陶器と中国白磁などに、古代・中近世の日本との間接・直接的な交流の証しを見る思いであった。一九九八年三月には、タイにおける陶磁器や仏教遺跡を調査したが、日本の中世遺跡におけるタイ陶磁器の出土と都城における仏教寺院の位置づけなどに興味をそそられた。

岡崎敬先生は、早くから博多湾岸の元寇防塁の調査をリードされていたばかりか、江上波夫先生を助けて伊万里湾に浮かぶ鷹島の水中遺跡の調査にも関与しておられた。そのような周辺環境に身を置いていた私も、知らず知らずのうちに水中考古学への関心を抱くようになっていた。そうした背景のもと、一九八九（平成元）年から三年間にわたり、文部省科学研究費補助金（総合研究A）の「鷹島海底における元寇関係遺跡の調査・研究・保存方法に関する基礎的研究」を実施した。鷹島町で開催した最初の研究集会において、本研究を始めた平成元年を日本の水中考古学元年にしたいと発言したことを、はっきりと記憶している。本研究では、超音波によるサイドスキャン・ソナーおよびサブボトム・プロファイラー、水中ロボットや潜水作業などの各種調査方法と、引き揚げ遺物の保存処理などに関する開発・研究に重点を置いた。

本研究は、その後も九州・沖縄水中考古学協会（理事長・林田憲三）の全面的な協力のもと、一九九八（平成一〇）年から三カ年にわたって、科学研究費補助金（基盤研究B2）の交付を受け、「玄界灘における海底遺跡の探査と確認調査」を実施した。昭和三〇年代前半の木造の沈没船情報を受けて、探査機器・水中テレビロボットを使って探査したが、年月を経過しているためか、沈没船の発見には至らなかった。ともあれ、日本における水中考古学調査・研究の立ち遅れは危機的な状況とさえ思う。(8)

一方、国際日本文化研究センターの文部省科学研究費補助金（重点領域研究「地球環境の変動と文明の盛衰－新たな文明のパラダイムを求めて－」のうち、「（1）東アジアの文明の盛衰と環境変動」に研究分担者として、一九九一（平成三）年から三年間参加できたことは、その後の私の研究に少なからず影響を与えているといえよう。同じことは、以下に述べるような各種の大形研究プロジェクトにもいえる。まず、一九九一年から三年間にわたって、大阪経済法科大学主催の「東アジアの社会と経済」の国際学術シンポジウムに参加した。私は、そのうちの東アジアにおける考古学・歴史学、とくに文化交流の諸問題の現状の分野で、多岐にわたるテーマに関して、中国・台湾・北朝鮮・韓国の学者群と学術交流を深めることができた。(9) 一九九八年からは、数年間にわたって、財団法人（現、公益財団法人）古代学協会内に設置された初期王権研究委員会（委員長・角田文衞、副委員長・上田正昭）の委員として参画した。その関係で、二〇〇〇年には、財団法人（現、公益財団法人）高梨学術奨励基金助成を受けて、「東アジアにおける古代王権の考古学的研究」の研究代表者として、とくに朝鮮半島における研究を深めた。(10)

そのうち、とりわけ重要な位置を占めるのは、一九九〇（平成二）年三月に設立されたアジア史学会

（会長・江上波夫）への参加である。私は、設立時に監事として、のちに上田正昭先生が会長になられて、二〇〇四年からは会長代行として、アジア諸国の研究者間の学術交流と共通認識の増進、さらには連帯しての歴史研究などに尽力したつもりである。同会は、二〇〇九年の第一七回大会をもって一定の役割を果たして終了した。

釜山港を出航する野性号（1975年7月21日）

そのアジア史学会の下地になるものとして、一九八六（昭和六一）年四月の日本学術文化交流団（団長・江上波夫、副団長・上田正昭）による朝鮮民主主義人民共和国（北朝鮮）への戦後初の訪問がある。その際に形成された研究者の信頼関係つまり連帯感の構築と、学術交流の必要性・重要性に対する共通認識の延長線上で、アジア史学会の設立を位置づけられるのではなかろうか。

そのほか、純粋の学術調査・研究ではないが、一九七五（昭和五〇）年六月二〇日から八月五日までの四七日間を費やして実施した、古代推定復元船「野性号」による韓国の仁川港から博多港までの古代海路の実験航海に参画できたことは忘れられない。このプロジェクトは、韓国側代表の金元龍・ソウル大学校教授と日本側代表の岡崎敬・九州大学教授、実質上の指揮者の平野邦雄・東京女子大学教授といった先生方のいわば合作ともいうべき事業であった[11]。その過程で、「邪馬台国への道」の海路・船・航海技術ならびに通過地の遺跡などに関して一定の成果を上げたといえる。とりわけ全行程を乗船した藤口健二君（当時、九州大学大学院生）による克明な航海日誌は、推進力・操舵法・航法など航海に関する重要な学術記録となっている[12]。

私たち研究者にとって、国内外の学会や研究集会などへの出席、参加は欠かせない。国内の主要な所属学会には、入会年次順に列記すると、古代学研究会・考古学研究会・朝鮮史研究会・朝鮮学会・史学研究会・日本考古学協会・九州考古学会等々がある。その他、財団法人古代学協会の九州支部長として、九州大学考古学研究室との共催でしばしば講演会やシンポジウムを開催した。

国際学会などに関して、韓国での参加は数え切れず、ついで中国が多い。それに対して、ヨーロッパやアメリカは数えるほどしかなかった。一九七九（昭和五四）年五月、四〇歳の私は韓国のソウル大学校に留学中であったが、そこからアメリカ合衆国のサンフランシスコ東洋美術館で開催中の「韓国美術五千年」展に合わせて行われた国際会議に出席し、「先史時代の韓国と日本における磨製石器の諸問題」のテーマで主題発表を行ったのが最初である。ついで、一九八六年八月末には、連合王国サウサンプトンで開かれた世界考古学会議に出席した。この学会は、人種隔離政策を進める南アフリカ共和国の研究者の参加の可否をめぐって、意見が対立する中で開催されたものであった[13]。このとき私はただ出席しただけであったが、学会終了後の九月に、大阪大学の都出比呂志教授と二人で、ロンドン・カーディフ・ソールズベリー・ポーツマスを訪ね、各地の遺跡や博物館を見学した。その際に踏査したメイドゥン・キャッスルの大規模環濠集落やデーンバリーのヒルフォート（砦）の遺跡は、弥生時代の遺跡との比較において、とくに印象的であった。

　私自身の研究ではないが、同学の研究者の研究増進や顕彰にも役立ちたいと思って来た。たとえば、財団法人韓国文化研究振興財団（現、公益財団法人韓昌祐・哲文化財団）の理事、雄山閣考古学賞選考委員会の委員、福岡アジア文化賞選考委員会の委員長・委員、日本学術振興会科学研究費委員会専門委員などが具体的な行動となった。

メイドゥン・キャッスル（1986年9月）

　さて、九州大学の教官として、研究と教育はいわば車の両輪のようにとても重要である。上述の研究活動と合わせて、常に教育にも微力を注いだのは当然である。岡崎敬教授がそうであったように、学生の主体性を尊重する余り、自由放任主義であったといわれるかもしれない教育方針を貫いた。そして、常に学生に寄り添い、学生とともに学問研究に励むべく努めた。そして、韓国・中国をはじめ、タイ・ベトナムなどアジアからの留学生を積極的に受け入れた。一つの考古学研究室としての留学生数は、日本で最多を誇っていたと自負している。彼ら彼女らは、帰国後に祖国で指導的な立場にあり、活躍している様子に接するにつけ、教師冥利に尽きる喜びに浸ることもしばしばである。ちなみに、私が担当した博士学位の審査は、主査・副査を合わせると、他大学も含めて

ベトナムのトン・トゥン・チンさんと
オーストラリアのリサ・ホジキンスンさん
（1995年２月10日）

一九七八（昭和五三）年から二〇〇二（平成一四）年までの間に二九名に及んだ。

私の世代では、朝鮮考古学を専攻する研究者はきわめて少なかった。そのため、北は東北大学から南は沖縄国際大学まで、全国各地の大学で非常勤講師として、集中講義を担当した。東北大学をはじめ国立大学のいくつかでは、教授が替わられるごと、つまり一つの大学でも二、三世代にわたって出講させていただくことさえ珍しくなかった。そうした受講生の中から各地で活躍する研究者が育っているのも、うれしいことである。

専門分野の教育とは直接の係わりは持たないが、経済的に恵まれない環境にあって向学心に燃える一般の生徒・学生・院生の奨学活動にも関与している。それは、財団法人（現、公益財団法人）吉本章治奨学会のことで、一九九一（平成三）年に理事に就任して以来、現在に至っている。

ところで、私は学業修了後、一時的な地方公務員を除くと、国家公務員として、また、一時的な行政マンを除くと、研究者・教育者として、一九六六（昭和四一）年から二〇〇二（平成一四）年までの三六年間にわたる現役のほとんどを過ごした。そのため、公人として社会人として、研究・教育のほかに、社会的な活動にも尽力した。

まず、文化財保護行政に関連して、一九七七（昭和五二）年に、福岡市開発地域遺跡埋蔵文化財発掘調査に伴う調査指導委員と久留米市文化財専門委員会委員に就任したのを皮切りに、定年一年前の二〇〇一（平成一二）年だけでも新たに、平原遺跡整備検討委員会委員長、文部科学省文化審議会専門委員（文化財分科会）、財団法人（現、公益財団法人）北九州市芸術文化振興財団理事、史跡下高橋官衙遺跡整備指導委員会委員長、妻木晩田《むきばんだ》遺跡整備活用基本計画検討委員会委員、同整備計画小委員会委員長、国営吉野ヶ里歴史公園南内郭西方倉庫群建物及び生活復元検討委員会委員、史跡「求菩提山」整備指導委員会委員・座長、九州国立博物館（仮称）常設展示専門プロジェクトチーム委員ほかに就任するなど、各種委員（長）が多い年には七〇を超えることもあった。

このこととも関連して、埋蔵文化財の保存運動にも少なからず係わった。まず、吉野ヶ里遺跡が重要である。特ダネ報道として知られる、一九八九（平成元）年二月二三日付『朝日新聞』一面に、「破壊は後世に悔い」という見出しで、「魏志倭人伝の時代にできた最大級の環濠集落であり、邪馬台国問題をはじめとして、当時のクニ、社会の構造を考える手がかりになる極めて重要な遺跡だ。破壊すると後世に悔いを残すだろう」というコメントを寄せる一方、新聞・雑誌・講演会・シンポジウムなどで、遺跡の重要性と保存の意義について論陣を張った。[14] 福岡県の平塚川添遺跡では、市民の保存運動に参加するとともに、福岡県文化財保護審議会史跡部会の専門委員の職責を全うすべく尽力した。

そのような九州の場合のみならず、山陰地方でも相ついで、保存運動が起こった。鳥取県大山《だいせん》町の妻木晩田遺跡と島根県松江市の田和山遺跡は、それぞれ列島最大規模の大規模集落と典型的な高地性集落で、ともに日本の弥生文化を代表する遺跡である。その際、ボランティア活動として新聞・雑誌・講演・シンポジウムなどの場で保存を訴えた。とくに、田和山遺跡の場合、松江市が市立病院を田和山北半部に移転させることになり、用地造成の事前調査が行われたところ、重要な遺跡が見つかったのであった。保存運動の中心母体であった「田和山遺跡を考える会」の有志が原告団となって、住民監査請求を前置した、文化財破壊への公金支出差し止め住民訴訟を松江地方裁判所に提起した。その際、私は同裁判所民事部の横山光雄裁判長に、以下のような文面で要望したが、その葉書の写しがいまも手元に残っている。

三重環濠でまもられた山上の聖地田和山遺跡は、妻木晩田、加茂岩倉、神庭荒神谷の各国指定史跡と並ぶ弥生期出雲の重要遺跡であり、史跡指定して現場保存すべきであります。ところが、松江市長は市立病院用地にするため「記録保存」し、破壊しようとしているのは許せません。市立病院は他に適地があります。田和山遺跡の破壊をやめさせて下さい。

住民が提訴した差止請求は、造成が行われれば却下される性質のものと聞きます。裁判はどうあれ、着工すれば勝訴と同じという「開発者の論理」が、公益の名で田和山を蹂躙するのを許していいのでしょうか。

公正な審理により、二千年の歴史を刻む、かけがえのない田和山遺跡を守って下さい。お願いします。

ちなみに、いま述べた各地での保存運動は、佐古和枝・関西外国語大学教授や田中義昭・島根大学教授らの指導もよろしく成功し、いずれの遺跡も史跡整備され、いろんな形で活用されていることはうれしい限りである。なお、たとえば私は一九八九（平成元）年八月には、保存が決定した吉野ヶ里遺跡の保存活用検討委員会と同保存整備部会の委員として、また、一九九九年八月には妻木晩田遺跡保存・活用検討委員会の委員として、さらに、田和山遺跡については二〇〇五年八月に、田和山史跡公園オープン記念の講演を引き受けるなど、その後のフォローをけっして忘れてはいない。

保存後に史跡公園化された田和山遺跡（2008年7月25日）

遺跡・史跡の保存・整備・活用に関連して、ガイダンス施設なり資料館・博物館の設置も欠かせない。肥前名護屋城は、近世初期の豊臣秀吉による朝鮮侵略に際し、出兵拠点になったことはあまりにもよく知られている。その遺跡は非常によく残り、また、その学術的価値の高さから、文部科学省によって史跡の国宝ともいうべき特別史跡に指定されている。そこで、佐賀県教育委員会では、遺跡博物館として佐賀県立名護屋城博物館を開設することになった。その際、私は一九八八（昭和六三）年に佐賀県立名護屋城資料館（仮称）展示基本計画指名設計競技審査員に就任するなど、博物館建設に深く関与することになった。その結果、一九九三（平成五）年四月には館長（非常勤）に就任し、二年間を勤め上げた。当館は、国内外を通じて唯一、「日本列島と朝鮮半島との交流史」をテーマに掲げている点が特徴的である。ここでは、日本列島と朝鮮半島との間に、原始の旧石器時代から現代の第二次世界大戦終結期まで長期間にわたって展開した、悠久の関係史の過程で、文禄・慶長の役（壬辰・丁酉倭乱）を実に不幸な出来事として捉え、その反省の上に立って、未来志向の平和で友好的な関係の構築を目ざすという立場を明確にして現在に至っている。開館当時の佐賀県教育長・堤清行さんからいただいた平成三一年元旦の年賀状には、「名護屋城博物館の基礎を作って頂いたご恩は忘れません」という添書があった。とてもうれしかった。

私たちのような大学教員の現役時代には、一般市民向けや、専門家対象の研修などのため、各種の講座・講演・シンポジウムを担当する機会がしばしば巡って来る。それも研究者としての社会的活動の一環として、頼まれれば断らない主義で、数え切れないほどの回数をこなして来た。とはいえ、そのつど準備のため勉強していると、新たな発見があり、着想が生まれることはうれしくもあり、また、楽しいことであった。

ところで、私は自治体史を担当する機会にも恵まれた。その最初は、福岡県の『小郡市史』で、編集委員会委員長として、一九九六（平成八）年の第一巻通史編（地理・原始・古代）を皮切りに、通史編三巻と二〇〇三年までに資料編四巻、さらに二〇一七年に補遺編一巻の全八巻を刊行した。『小郡市史』通史編の発行に合わせて、それをテキストとして、市民対象に市史講座も開設した。その間、二〇〇七年には、『ふるさと小郡のあゆみ』を発刊し、副読本として小・中学校で市史と合わせて活用できるように配慮して編集している。なお、二〇一五年には、『ふるさと小郡のあゆみ』の改訂版も発刊している。ついで『長崎県史』であった。『長崎県史』は、すでに一九八五（昭和六〇）年度に全八巻が出来上がっていたが、当初刊行予定であった考古編が諸般の事情で欠落していた。そのため、補遺編の形で原始・古代編の通史編一巻と資料編二巻が編纂されることになり、『原始・古代の長崎県』編纂委員を務め、また、その一部を執筆させていただいた(15)。

さらに、二〇〇一(平成一三)年には、佐賀県において唐津市に合併する前の北波多村史編纂委員会執筆委員、原始・古代部会長として村史編纂にも参画した。これで私は、県史・市史・村史という三つのレベルの自治体史に係わることができた幸せに遭遇したことになった。

そのほか私の現役時代の終盤に入って、大きな仕事が入って来た。定年を二年後に控えた二〇〇〇(平成一二)年二月、学年末の多忙なときでもあり、別の研究者を推薦したが、どうしても私にということで、イコモスより派遣されて、大韓民国が登録申請していたユネスコ世界文化遺産の評価調査を行うことになった。その案件は、高敞・和順・江華の支石墓群であった。現地調査の結果、世界文化遺産にふさわしい資産であると報告し、その年のユネスコ世界遺産委員会において正式に登録が決定した。

二〇〇二(平成一四)年三月、いよいよ九州大学を去るときがやって来た。一月三〇日には、最終講義「漢とRoma―倭とCelt―」を行った。二月二三日には、退官記念国際シンポジウム「韓国考古学の新世紀」が韓国国際交流財団二〇〇一年度日韓学術シンポジウム助成事業として開催された。そして、同日の夜には、ホテルニューオータニ博多において退官記念パーティも開いて下さった。四五〇人以上のご参加をいただいた。おみやげには、敬愛する一四代沈壽官先生の作品になる薩摩焼の埦をお持ち帰りいただいた。そして、パーティが終わって一週間ほど経ってからであったろうか、沈壽官先生からお祝いの電話をいただいた上に、立派な箱書のある薩摩鉄釉窯変花瓶をお送り下さった。この花瓶は、わが家の家宝となっている。

14代沈壽官先生とともに（2016年３月27日、福本美奈子氏撮影・提供）

沈壽官先生からいただいた
薩摩鉄釉窯変花瓶

なお私は、「さようなら九州大学―九州大学を去るに当たって―」という一文を、『九州大学学報』第三六号（二〇〇二年三月二五日、総務部企画広報室）に寄せているので再録しておく。

九州大学で大学院重点化が達成されて二年目を終わろうとしている。その時に当たって、文学部の私たちの研究室からは八名の卒業生を送り出すが、大学院進学はわずか一名である。私ども教官は、教育と研究に黙々として当たって来たが、私は実に淋しい思いがして仕方がない。いろいろと反省してみるが、確たる理由はわからない。ただ、優秀な研究者を育て上げるという理想を高く掲げる教官と、目先の就職目的の学部生との間には、目標に大きな隔差があるようにも思われる。

もう一つの問題は、博士号をできるだけ多く取得させるべく、教官は大学院生を叱咤激励しているにも拘わらず、私たち人文科学研究院の場合、なかなか学位申請論文が出て来ないという現実がある。現在の学位取得の一応の目安として、「研究者として自立して研究活動を行うに必要な高度の研究能力を有していること」にあるということを、審査に当たる教官は、改めて肝に銘じるべきではなかろうか。一八八七（明治二〇）年にはじめて学位制度ができた当時、とくに功績があると閣議で認めたとき大博士の学位が与えられることになっていた。また、末は博士か大臣かとも言われたころ、夏目漱石が、東京大学からの文学博士の学位を辞退したことはあまりにもよく知られている。それから百年以上も経った現在、たとえば博士課程を終えていたり、すでに大学の教授・助教授として優れた業績を上げている研究者に対し、論文（乙）と称し、「専攻分野に関し本学大学院の博士課程を修了したものと同等以上の学力を有し、かつ、研究者として自立して研究活動を行うに必要な高度な研究能力を有していることを確認した」として、学位を授与することに抵抗を覚える、このごろである。

そして、文学部同窓会の『会報』第四五号（二〇〇二年三月二五日）にも、「九州大学を去るに当たって」と題して、次のような一文を寄せている。

九州大学に限らず、教員をしていると、学期末に成績を出さねばならない。そのつど私は、悩むといえば大袈裟であるが、あまり愉快な気分になれなかった。というのは、授業の合格者に対して、優・良・可のランク付けをしなければならないからである。受講生の成績評価をいかに適正に行うか、できるだけ多くの資料をもとに神経を使って成績を出してきたことである。優・良・可といえば、学生だけではなく、各分野の教授をはじめ研究者の、ことに博士学位にも優・良・可があるように思われる。もっとも学士院賞受賞者のような碩学に対して、博士（文学）の称号は不釣合いと思うが、敢えて付けるとすれば秀に値する。私自身も、一九七八（昭和五三）年から現在までに、二九人の学位審査に当たり、また、教授会での学位審査の状況を見てきた結果としての感想である。私ごときは、博士号を取得していないので、さしずめ不可というべきであろう。

ところで、去る昨年（二〇〇一）一一月一七日に、大阪市で開かれた日韓文化フォーラムの折、ご一緒させていただいた京都大学名誉教授・上田正昭先生による基調講演をうかがって、いつもながらの話術に魅了されていた。そこで、司会者の朝日新聞大阪本社学芸部の天野幸弘・編集委員にそのような感想を漏らしたところ、同氏は、上田先生の名調子はもはや話芸の域だといわれた。そのとき私は、学問に関しても、学術から学芸を目ざしたいものだと思った。ちなみに、新村出の『広辞苑』では学術と学芸を同義とみているのに対して、諸橋轍次の『大漢和辞典』では学芸について道芸つまり道徳と学芸を学ぶともしている。

それはともかく、私はこれまで、ルイ・アラゴンの「教えるとは希望を語ること、学ぶとは誠実を胸に刻むこと」という言葉を座右の銘の一つとして、教育と研究に当たってきたつもりである。それにつけても、可でもない不可でもない私ではあるが、学問・人間ともにせめて良を、願わくば優を目ざして、残りの人生を歩み続けたいと念じている。

思い起こせば、一九四九（昭和二四）年に、私の小学校四年生のとき、日本人としてはじめてノーベル賞を受賞された湯川秀樹先生のことが、脳裏に強烈に焼きついた。その後、学問の道を志したころであろうか、一九五八（昭和三三）年三月一八日から『朝日新聞』夕刊に連載が始まった、湯川先生の『旅人―一物理学者の回想―』の第一回の記事の中の次の言葉が私は大好きである。「私は学者として生きている限り、見知らぬ土地の遍歴者であり、荒野の開拓者でありたいと思っている」。このところ、私のような者にも揮毫を求められることがあるが、「旅人」と書くことがしばしばあるのは、いま述べたような感懐にもとづいている。

ところで私は、定年退職時に、北東アジアの学術交流に関して、新聞の文化面に一文を寄せた。その記事を以下に収録するとともに、在職中と退職後にそれぞれ北朝鮮や中国との学術交流についても言及しているので、ここに合わせて再録しておきたい。

まず、「九州大学を退官して」（草稿では、「九州大学を去るに当たって」となっていた）の草稿を紹介する。

私が福岡県教育委員会文化課に勤務していた一九七〇（昭和四五）年に、九州大学文学部では、語学・文学、史学、美術・考古学の三部門からなる朝鮮学研究施設を設立し、日本における朝鮮学研究センターを目ざすべく概算要求を行った。しかし、この構想は結実しなかったが、粘り強い要求の成果であろうか、一九七四年に、九州大学文学部史学科の中に、国立大学としてはじめて朝鮮史学講座が開設された。朝鮮考古学専門の私が一九七三年に九州大学の考古学講座に助教授として着任したのも、おそらく、そのような九州大学における朝鮮半島への関心の高揚と無縁ではなかったろうと憶測する。

当時、考古学講座の主任教授は、東洋考古学の碩学・岡崎敬先生であって、主として中国考古学を中心に、広くアジア全体の研究を行っておられた。私は、岡崎先生のご配慮で、朝鮮考古学の研究と教育に思う存分専念することができた。まず朝鮮の考古学史や時代区分論から始めて、原始・古代から中・近世に至る朝鮮考古学の体系化などの諸研究を行い、その成果を講義に取り込んだが、その仕事は二〇〇一（平成一三）年の前学期が終るまで続いた。

一方、学生時代から続けて来た弥生・古墳時代を中心とする日本考古学の研究に加えて、新たに日本と朝鮮の交流史の考古学的研究や、朝鮮と中国の交流、さらにはシルクロードなどに対する考古学的調査・研究も手がけて来た。ことに、シルクロード考古学の成果は、九州大学最後の学期となった二〇〇一（平成一三）年後期に、「シルクロード考古学」として取り上げ、一応の区切りをつけることになった。ただ、最終講義で「漢とRoma－倭とCelt－」を講じたのは、いわば私のこれまでの研究の総決算であるとともに、こんごの研究の出発点にしようとしたものであった。

ところで、岡崎先生は、すでに早くから中国や韓国との学術ならびに人的な交流を重視され、実践しておられたが、いち早く一九七四（昭和四九）年に、慶北大学校の尹容鎮助教授（現、名誉教授）を受け入れられた。私もその方針を引き継ぎ、総勢一七名の留学生を受け入れたことになる。彼らの中には、韓国の考古学会の会長職を経験した人が五名いるほか、韓国の各地で中心となって活躍している人が少なくない。

さて、一九七〇年代に入ると、韓国ではいわゆる「慶州綜合開発計画」の策定にもとづいて、慶州市内の新羅古墳の大規模かつ本格的な発掘調査に着手された。その重要な成果の一端が伝わって来たり、韓国側からの働きかけもあって、一九七四（昭和四九）年一一月に、九州大学慶州学術調査団（団長・田村圓澄教授）の一員として、皇南洞九八号墳（皇南大塚）北墳の発掘現場の中まで入り込んで、埋葬施設や副葬遺物の出土状況をつぶさに見学することができたときの感動はいまも忘れられない。その際、一部の学生から、調査団派遣は、戦前の植民地支配の一翼を担っていた九州大学が、戦前の反省もなく、その上、時の朴正熙独裁政権に加担するものとして、立て看板や私の講義の「粉砕」をもって批判を受けたのも、いまではなつかしい思い出の一つとなっている。

発掘調査中の皇南大塚古墳（1974年11月）

朝鮮考古学の研究や教育を進める過程で、学術交流の必要性を痛感した私は、学生・若手研究者の相互交流を始めることにした。それが、九州大学と釜山大学校の間での考古学合同研究会の開催であった。一九八七（昭和六二）年の第一回当時、社会人研究者の来日に当たっては、招請という形をとらねばならないため、私が身元引受人となったが、そのため公証人役場や入国管理事務所へ何回となく足を運ぶことがあ

第１回釜山大－九州大共同研究会（1987年７月、釜山大学校にて）

った。韓国からの海外渡航が自由化された現在では考えられないほどの煩雑な事務手続を必要とし、隔世の感がある。

そのような大学間の合同研究会は、やがて九州と釜山の地域間合同研究会へと展開し、さらに、一九九四（平成六）年からは、九州考古学会と嶺南考古学会の合同学会へと発展した。この合同学会には、双方から数百名の参加者がある。第五回を迎えた二〇〇二年は福岡において七月一九日から二三日までの五日間の公式日程で、「細形（韓国式）銅剣文化の諸問題」を統一テーマとして、調査・研究の成果を交換し、また、遺跡・遺物の見学も行われた。

これまでの十数年間にわたる合同の研究会や学会を通して、九州と嶺南つまり韓国東南部慶尚道という両地域の考古学の諸問題について共通認識を深めるとともに、私たちの研究成果がさらに日本と韓国の考古学界を結ぶ架け橋の役割を果していることをも実感するようになっていった。

その時点までに達成された研究成果を振り返ると、新石器文化段階における環対馬海峡文化圏交流、稲作と青銅器・鉄・鉄器生産の技術移転、そして、加耶と倭の国際化などの諸問題の研究にとって、大きな前進を見ることができた。こんごは、原始・古代にとどまらず、中・近世の考古学に対しても、研究開発を推進しなければならない課題を多く抱えている。

以上見て来たように、学術研究成果の交換、研究者の往来、留学生の増加、合同学会の相互開催などを通じて、九州における韓国の考古学ならびに日韓の交流史の考古学的研究は、順調な歩みを続けることになった。しかし、朝鮮半島北部のいわゆる北朝鮮の考古学的研究の成果の吸収はもとより、学術交流の不正常な現実に思いを至さざるをえない。南・北間の関係改善あるいは交流開始を期待する一方、私たちも北朝鮮との学術交流の方途を模索しなければならない。

（二〇〇二年四月一〇日付『西日本新聞』）

とはいえ、日本と北朝鮮の学術交流は、すでに始まっていた。すなわち、一九八五（昭和六〇）年九月二一日付の『西日本新聞』夕刊は、「日朝が考古学交流　北朝鮮学者　太宰府など視察」の見出しで、次のような記事を掲載しているので、ここに転載させていただきたい。

北朝鮮（朝鮮民主主義人民共和国）の学術代表団（団長＝沈尚国・社会科学院副院長、六人）が二一日朝、九州大学や九州歴史資料館の研究者の案内で太宰府市の国指定史跡・都府楼跡、四王寺山の国特別史跡・大野城跡を視察した。

午後は、福岡県浮羽郡吉井町の装飾古墳・珍敷塚と日ノ岡の両古墳（いずれも国指定史跡）を視察、日朝両国の学術交流は九州では初めて。

日本側は西谷正・九大文学部助教授（考古学）、石松好雄・九州歴史資料館調査課長らがガイド役、北朝鮮の学術代表団には、高松塚発見時に来日した朱栄憲・社会科学院考古学研究所副所長や山城研究者の蔡熙国・金日成総合大学教授ら、日本の学界でも名前がよく知られている学者がいて、友好ムードがいっぱい。

都府楼跡に着いた一行は、西谷助教授らから、大宰府が古代の朝鮮や中国との交流の窓口だったこと、同遺跡が長期にわたる発掘調査のあと史跡公園に整備されたことなど説明を受けた。北朝鮮でも、調査後の遺跡を公園化した例は多く、自分たちの経験も語りながらうなづいていた。

また大野城跡は、南朝鮮にあった百済の技術者が指導して築いたとされる朝鮮式山城。一行には、高句麗の研究家が多いが、ほとんどが共通している山城だけに、最近発掘された門や倉庫跡などを見ては感慨深げだった。

学術代表団は、大阪を皮切りに始まり、一二月には福岡市・天神のダイエーショッパーズでも開かれる「高句麗文化展」（一二月二五日ごろから一カ月）を機に来日し、日本側と学術交流を深めるのが目的。二二日まで福岡市に滞在し、考古学関係者と学術情報の交換を続ける。

この「高句麗文化展」を契機に、翌一九八六（昭和六一）年に戦後はじめて北朝鮮へ学術文化交流団が派遣されることになり、私も末席に加えていただいた。

私は、去る四月一一日から二二日までの一二日間、日本学術文化交流団（団長・江上波夫東京大学名誉教授）の一員として、はじめて朝鮮民主主義人民共和国を訪問した。その間、共和国における考古学・古代史の専門家と学術交流を行い、各地の遺跡や博物館をつぶさに見学することができた。共和国における考古学の教育機関として、金日成総合大学があり、歴史地理学部に考古学・民俗学講座がある。研究の中心は、社会科学院の考古学研究所であって、五十人の専門研究者と緊急調査を担当する百人の技術者を抱えている。

市民への啓蒙施設としては、金日成広場に面して、朝鮮中央歴史博物館と朝鮮美術博物館が向い合って立ち、近くには朝鮮民俗博物館も市街地のなかに見られる。

文化財の保護対策は強力であり、政務院（内閣）直属の文化芸術部・文化遺物保存局が実務を担当している。ここにも文化保存研究所があり、主として文化遺産の恒久的な保存・復元の企画、施行などに当たっているように思われた。

金日成総合大学（1986年４月）

ピョンヤンの周辺には高句麗時代の遺跡が多く、発掘調査後に史跡公園化の整備が進んでいる。たとえば、王宮であった安鶴宮跡を見ると、芝生をはった建物の基壇や礎石が、往時の壮大な宮殿をじゅうぶんにしのばせてくれる。その背後に築かれた大城山城では、城壁の一部と南門が立派に復元されていた。高麗時代の名刹、妙香山普賢寺は、朝鮮戦争時に焼失したが、ここでも建物群が見事に復元され、境内全体が遺跡博物館になっていた。
最近数年間における偶然の発見や学術的もしくは緊急の発掘を通じて、考古・美術の分野で大きな成果を収めている。今年（一九八六）に入って久々に復刊された『朝鮮考古研究』誌を見ると、そうした重要な遺構や遺物のほか、学界の動向を垣間見ることができる。

（「高句麗考古美術の旅」『土車』第四〇号、一九八六、古代学協会）

これまで述べて来た日朝と合わせて、日中の考古学の学術交流も重要である。この点については、退職年の秋に『西日本新聞』に一文を草しているので、以下に転載しておきたい。これは、日中の「国交正常化三〇年」の特集記事の一つで、「日中考古学の歩み」と題し、「留学生交換や共同調査　韓・朝含めた交流必要」という見出しで文化欄に掲載されたものである。

私が専攻する考古学の分野に関して、日中間の学術交流の歴史を振り返ると、大きくは戦前と戦後に、そして、戦後は一九七二（昭和四七）年の日中国交回復を境に、その前・後に分けて考えることができよう。

戦前の日本による中国考古学研究の担い手は、主として東亜考古学会であったといっても過言ではない。この学会は、一九二七（昭和二）年に東京・京都両帝国大学の学者群が中心となって結成された。一方、当時の中華民国側の受け皿として、北京大学考古学会があり、一九二六年には両学会が提携して東方考古学協会が結成され、共同調査や留学生交換が行われることになった。

東亜考古学会のフィールド・ワークは、現在の遼東半島を中心として、西は内蒙古地方にまでまたがっていた。東亜考古学会が発掘調査した遺跡は、貔子窩《ひしか》・東京城・赤峰紅山後など十数カ所に及んだ。それらの遺跡調査は当初、「東亜諸地方」における研究を目指したものであったが、一九三二（昭和七）年の満州国成立以後は、日本帝国主義の侵略過程と密接に関連しながら展開した。

ところで東亜考古学会とは別に、一九四二（昭和一七）年に日本学術振興会によって発掘調査された遼寧省大連市の文家屯遺跡の報告書が、発掘から六〇年ぶりに、しかも日中国交回復三〇年の節目に当たる今年（二〇〇二）発刊された。考古学分野における戦後がまだ完全には終わっていないという思いを抱くとともに、関係者の学的良心に敬服したい。

一九五七年に考古視察団　一九四五（昭和二〇）年における日本の敗戦を契機として、旧満州はもちろん中国考古学研究の主役が、当然のこととして新中国の専門家に委ねられることとなった。大陸でのフィールドを失った日本の考古学者の多くは、戦前の調査結果の取りまとめや資料整理などデスクワークに専念しなければならなくなった。

そのうちの大事業に、一九五一（昭和二六）年第一巻発刊の「雲崗石窟」一六巻三二冊がある。九州大学の故・岡崎敬先生からうかがったことであるが、東亜考古学会の学灯を守ろうとする学者は、将来における大陸での調査の新たな再開を夢見て、大陸にもっとも近く、また大陸の文物がもっとも多く出土する北部九州において発掘調査を続けられた。すなわち京都大学の水野清一教授が中心となって行った「魏志倭人伝」に登場する対馬・一支・末盧諸国の遺跡調査である。

その間、戦後の日中学術交流史上画期的なこととして一九五五（昭和三〇）年における中国科学院の郭沫若院長一行の来日があった。一行の中には考古研究所の尹達先生がおられ、当時、高校生の私は新聞報道の記事などを通じて新中国の研究成果に興奮を覚えたことが思い起こされる。

そして一九五七（昭和三二）年には、日本から戦後はじめての考古学視察団が訪中した。団員の中に当時、京都大学の助手であった岡崎先生が最年少で加わっておられたが、未承認国への渡航ということで給与がカットされたと、もらされたのが印象に残っている。このような日中双方の往来によって、新中国の調査・研究の状況が伝わってくると私たち青年層の中国への憧れは一挙に昂揚し、新着の専門誌などをむさぼり読んだことも、いまではなつかしい思い出の一つとなっている。

戦後初の本格発掘　日中間の学術交流が大きく前進もしくは本格化するのは、いうまでもなく一九七二（昭和四七）年における日中国交回復以後のことである。それを受けて一九七四年の宮川寅雄訪中団をはじめとして考古学者の訪中が相次ぎ、一方、中国からも夏鼐《かだい》先生を団長とする代表団の来日や、国家・省単位の文物展の開催などを通して新中国の調査・研究の成果が次々ともたらされた。

その後の学術交流で最も注目されるのは留学生の交換である。日本からは、一九七九（昭和五四）年に、戦後初の留学生が出て以来、現在までに、百人規模に達していよう。中国からの留学生も相当数にのぼり、日本考古学の理解者が増えたことは喜ばしいことである。

中国人留学生の中には、日本の私立大学で職を得て活躍しておられる新進の学者が数人に及び、真の国際化の一端を見る思いがする一方、いわゆる国籍条項の完全撤廃によって国立大学への就職が保障されることを祈ってやまない。そうなれば日中両国の学者間の多方面にわたる共通認識がさらに深まることであろう。

学術交流のもう一つの大きな成果は、共同研究や中国での共同調査が進展したことであり、枚挙にいとまがないほどである。その中にあって、わが「文明のクロスロード・ふくおか」地域文化フォーラムが一九九五（平成七）年に調査団を派遣した湖北省の陰湘城遺跡に対する共同発掘は、戦後初の本格的なものであった。

学術交流は順調に　以上に見てきたように、日中間の学術交流は順調な歩みを続けている。ただ、中国における調査経費が日本側の負担によるものであったり、逆に日本での共同発掘は皆無である。また文物展にしても、中国からの一方的なものであるのに対して、中国での日本の文物展はほとんど行われていない。(16) 学術交流は本来、対等・互恵を原則とする。その意味では日中間の学術交流はいまだ完全にそのような基本理念が達成されていない。したがって、私たちは将来における正常な発展を目指して連帯して努力しなければならない。

もう一つの問題は、東アジア社会の一員としての日本の立場を考えると、日中のみならず日朝・日韓の関係史が密接に関連して来た。その点で、日朝関係の不正常な状況を打開し、そして日・韓・朝・中全体としての多様な交流史の研究なり、学術交流が重要であることを痛感するとともに、日中関係についても東アジアという視点を忘れてはならないと思う今日このごろである。

（二〇〇二年一〇月一〇日付『西日本新聞』）

注

（1）西谷正『古代日本と朝鮮半島の交流史』二〇一四、同成社

（2）中園聡・大西智和ほか「山隈窯跡群の調査－福岡県朝倉郡三輪町所在の初期須恵器窯跡群－」『九州考古学』第六五号、一九九〇。西谷正「九州北部の初期須恵器とその系譜」『異国と九州』一九九二、雄山閣出版

（3）西谷正編『東アジアにおける支石墓の総合的研究』一九九七、九州大学文学部考古学研究室

（4）九州大学文学部考古学研究室編『大板井遺跡－大板井遺跡X12・X16区における支石墓関連資料（石崎さん）の調査報告－』一九九五、小郡市史編集委員会

（5）井上靖・岡崎敬『シルクロード絲綢之路(三)－幻の楼蘭・黒水城－』一九八〇、日本放送出版協会

（6）西谷正「シルクロードの考古学－新疆から朝鮮・日本まで－」『ウイグル　その人びとと文化』一九九一、朝日選書。西谷正『シルクロードによって結ばれた、中国新疆地区と我が国九州地区との比較考古学的研究』一九九五、九州大学文学部考古学研究室

（7）西谷正「アルタイの至宝展に寄せて」『アルタイの至宝展』（図録）、二〇〇五、西日本新聞社

（8）西谷正（研究代表者）『玄界灘における海底遺跡の探査と確認調査』二〇〇一、九州大学大学院考古学研究室。西谷正「日本とアジアの水中考古学」『季刊考古学』第一二三号、二〇一三、雄山閣。西谷正「元寇・沈没船に思う」『考古学ジャーナル』№641、二〇一三、ニュー・サイエンス社

（9）国際学術シンポジウム報告書編集委員会『東アジアにおける文化交流の諸問題』一九九四、大阪経済法科大学出版部

（10）西谷正「朝鮮半島における初期王権研究の視点」・「考古学からみた朝鮮四国の王権の成立」『古代王権の誕生Ⅰ東アジア編』二〇〇三、角川書店

（11）NHK取材班『邪馬台国への旅』放送ライブラリー六、一九七六、日本放送出版協会

（12）藤口健二「古代推定船『野性号』による海路踏査－韓国沿岸地域の航海を中心として－」『国立歴史民俗博物館研究報告』第一五一集、二〇〇九

（13）都出比呂志「世界考古学会議参加の記」『考古学研究』第三三巻第三号、一九八六、考古学研究会

（14）たとえば一例を挙げると、西谷正「かけがえのない遺跡」『邪馬台国が近づいた　吉野ヶ里遺跡』一九八九、学習研究社

（15）内藤芳篤・賀川光夫ほか『原始・古代の長崎県　通史編』一九九八、長崎県教育委員会

（16）二〇一一年に、奈良県が西安市の陝西歴史博物館において、中国ではじめて「日本考古展」を開催している。

第七節　定年退職後、現在

定年退職後の最初の仕事は、研究スペースの確保であった。永年にわたる調査・研究で収集した各種の資料は厖大な量になっていた。そこで、自宅から自転車で約一〇分、歩くと二〇分余りのところに、３ＤＫのアパートを借り、「東アジア考古学研究所」という小さな紙を看板代わりに貼って研究の拠点とした。

まず研究面では、原稿・講演などの依頼を受けたり、あるいは、折りに触れ関心にのぼるテーマに、手当たりしだい取り組んだ。たとえば渡来人、朝鮮の土器・陶器、鞍形磨臼、韓国の前方後円墳、邪馬台国、装飾古墳、古代出雲、古代日向、筑後川の流域史、済州島と弥生文化、水中考古学、渤海、沖ノ島、高句麗王陵、東アジアの巨大古墳、山岳霊場遺跡、首長墓・王墓、キリシタン考古学、鞠智城、相島積石塚群、真興王拓境碑、前畑遺跡と大宰府羅城等々のキーワードで、実に多岐にわたる。それらに関していずれについても、小論文やエッセイの形などで公にしている。

一方で、過去に発表した論文や、講演・シンポジウムの記録などをまとめて書物にする作業に着手し、

現在に至っている。この作業はこんごも続くことになる。それらを年代順に列記すると、次のようになる。
『魏志倭人伝の考古学—邪馬台国への道—』二〇〇九、学生社
『古代北東アジアの中の日本』二〇一〇、梓書院
『古代日本と朝鮮半島の交流史』二〇一四、同成社
『北東アジアの中の弥生文化』二〇一六、梓書院
『北東アジアの中の古墳文化』二〇一七、梓書院
『地域の考古学』二〇一八、梓書院

ところで、私がこれまで継続して来た研究テーマの一つに水中考古学がある。すなわち、長崎県の鷹島海底遺跡の調査指導や、水中考古学の現状と課題の総括を行った(『季刊考古学』第一二三号、二〇一三、雄山閣)。NPO法人アジア水中考古学研究所(理事長・林田憲三)が日本財団の助成を受けて、二〇〇九(平成二一)年から三カ年計画で実施した、海の文化遺産総合調査プロジェクト「水中文化遺産データベース作成と水中考古学の推進」に、水中文化遺産委員会の委員として関与できたことも幸運であった。水中考古学との係わりで、二〇〇三年から新たに文部科学省科学研究費補助金特定領域研究「中世考古学の総合的研究—学融合を目指した新領域創生—」(代表者・前川要・中央大学教授)に加わることができた。それに先立って私は、「中世東アジアの交流・交易システムに関する新研究戦略の開発・検討」の研究分担者として、二〇〇二年九月三〇日に、「玄界灘の水中考古学」(『中世総合資料学の提唱』二〇〇三、新人物往来社)について報告した。また、二〇〇四年八月には、同じ研究分担者の池田榮史・琉球大学教授らと北朝鮮に出張し、高麗時代の遺跡や遺物を調査した。ちなみに、少なくとも考古学の研究者で国費

を使って北朝鮮に公務出張したのは、後にも先にも私たちだけである。

学会関係では、二〇〇三（平成一五）年六月に、ワシントンDCのカソリック大学で開かれた第五回世界考古学会議に出席できたことは、とても刺激的であった。今回は、文字どおり世界の各地から一〇〇〇人前後の研究者が参加して最新の調査・研究の成果を発表し、意見交換を行った。会議は二六のテーマに及んだが、デジタル・ジェンダー・戦争・環境などをキーワードとするテーマは、現代考古学が抱える課題として、今回の大きな特徴といえよう。そのうち、私は世界各地の研究成果をテーマとするセッションの中の「韓国考古学における最近の成果―金元龍博士一〇周忌追悼記念―」において、「古代における日韓の文化関係」を発表した。今回、一〇〇〇件ほどの研究発表があったが、その中で私が興味を覚えたのは、水中考古学に関する発表が、一つのセッションを設けて一〇〇件近くもあったことである。ひるがえって、四面を海に囲まれた日本列島の現状を見ると、その立ち遅れを指摘せざるをえない。

板門店にて。左から後藤雅彦・琉球大学准教授、上原静・沖縄国際大学教授、著者、池田榮史・琉球大学教授（2004年８月16日）

私のこれまでの研究に対して、韓国で一定の評価を得られたのであろうか、東亜大学校と国立公州大学校から、それぞれ一九九三（平成五）年と二〇〇三年に名誉博士号をいただいたことはとてもうれしかった。

さらに、二〇〇三（平成一五）年一一月には、「朝鮮考古学の研究を通じて日本の考古学に新たな視点を提起し、東アジアと深くつながった古代日本の姿を明らかにした功績」により、第六二回西日本文化賞を受賞した。私はそれまで、福岡アジア文化賞・雄山閣考古学賞・濱田青陵賞などの選考委員を歴任するなど、各種の賞をもらってもらう立場が仕事と思っていただけに、はじめて受賞者としての喜びを体感した。

そのほか、研究面で「日韓・日中歴史共同研究に思う」とところがあり、次のように私の考えを披瀝しておきたい（『トンボの眼』No.9、二〇〇七、『トンボの眼』編集室）。

東亜大学校名誉文学博士授与式にて（1993年８月28日）

去る二〇〇七（平成一九）年四月二五日、外務省は第二期日韓歴史共同研究委員会の座長会議を二七日にソウルで開くと発表し、合わせて日韓相方のメンバーを公表した。第一期の委員会が約三年間の共同研究を終えて、二〇〇五年六月に報告書を公開した後、二〇〇六年一月にも第二期の委員会を再開させる方向で調整されていたが、遅れて二年ぶりの再開となった。今回の特色は、古代史・中近世史・近現代史に加えて、新たに教科書小委員会が新設されたことである。これは、第一期の共同研究報告書が出た段階で、韓国側が共同研究の成果を教科書の記述にも反映して欲しいと強く要望して来たことに対処したものと思われる。

それはともかく、ここで奇異に思うのは、第一期と同様に、第二期でも共同研究のメンバーに原始史つまり考古学の専門家が欠如している点である。原始に当たる、日本の旧石器から縄文・弥生を経て古墳時代前期までの時期に、韓国でも調査・研究の重要成果が相次いで上がっていることは周知のとおりである。文献史料が限られた古代・中世の日韓にとって、考古学の研究成果は無視できないことも熟知されるところである。そして、文献史料の豊富な近世・近現代においても考古学の調査・研究対象として、その時期の歴史構成に補完的な役割を担っている。そのような日本史研究における考古学の重要性の一端は、たとえば『考古学による日本歴史』（五冊、一九九六〜一九九八年、雄山閣出版）の発刊に現われているといっても過言ではあるまい。

一方、日韓より一足先の二〇〇七（平成一九）年一二月一八日、政府は日中歴史共同研究のメンバーと、二六・二七日の両日に北京で初会合を開くことを発表し、二〇〇八年の成果発表を目指すとした。ところが、ここでも原始史の専門家が不在であり、全体を通じて考古学の専門家は見当たらないのである。中国史における考古学研究の歴史は古く、日中で厖大な研究成果を蓄積して来た。たとえば、二〇〇五年に出版された『中国の歴史』第一巻（講談社）は考古学者が執筆している。また、近現代史においても、旧日本軍（関東軍）の要塞遺跡など、いわば戦跡考古学は、現代日本考古学における重要テーマの一つとなっている（金井安子ほか「関東軍国境要塞遺跡群の調査」『日本考古学協会第六七回総会研究発表要旨』二〇〇一）。さらに、二〇〇七年五月末に私が編集し、発刊された

『東アジア考古学辞典』（東京堂出版）では、中国史に関連して、旧石器時代から元・明・清時代までを取り上げている。もちろん、韓国・日本についても、それぞれ新しいところでは、李朝（朝鮮）時代や、安土桃山・江戸時代はいうまでもなく、明治時代や一部で昭和時代まで取り扱っている。

このような考古学の学界状況に照らして、日韓・日中歴史共同研究メンバーから考古学の専門家が排除されている現状は是正されねばならなかった。考古学の研究成果がじゅうぶんに反映されてこそ、正常な日韓・日中歴史共同研究が結実するものと確信する。

他方、韓中歴史共同研究の必要性も痛感する。周知のとおり、去る二〇〇三（平成一五）年末から始まった、いわゆる高句麗史の帰属をめぐる韓中両国間の論争は、外交問題にまで発展したが、翌年八月には、当時の潘基文・外交通商相と中国の武大偉・外務次官が会談して、両国間でこれ以上の政治問題化はしないと口頭合意されたとはいえ、問題が根本的に解決したわけではない。

そもそも高句麗は、北東アジアにおける古代国家の一つとして、その成立と発展の過程で、中国大陸や朝鮮半島さらには日本列島の諸王朝もしくは諸国家と、政治・軍事・経済・文化的に複雑な直接・間接の諸関係をもったことはよく知られている。その意味で、高句麗史は北東アジアの古代国家形成史にとって重要な位置にある。そのような高句麗史研究に当たって、重要かつ貴重な学術資料でもある遺跡群は、地理的に見て、現在の中国大陸の東北地方から朝鮮半島の北部・中部地方にかけて分布する。そこで、それらの遺跡群を、現代の国家概念の枠組みを越えて、古代の高句麗史という視点に立ち、韓・中のみならず日本も加わって日・韓・中の北東アジアで全体的・総合的に取り扱わねばならない。つまり、その際、日・韓・中は現代と古代を混同してはならないのである。願わくば近未来に、韓・中のみならず北東アジアの関係諸国が一堂に会して高句麗史研究を深める機会が訪れ、さらにそのことが継続される中で、共通の歴史認識を共有する基盤が形成されることを祈らざるをえないところである。

このことと関連して、二〇〇五（平成一七）年五月に、東アジア近現代に限られているとはいえ、日・韓・中三国共同の歴史教材『未来をひらく歴史』（高文研）が民間レベルの「共通歴史教材委員会」によって刊行されたことの意義は大きいと思う。

ところで、研究活動との係わりで、所属学会の一つである日本考古学協会における活動は、私にとっても重要な位置を占める。二〇〇八（平成二〇）年は、同協会創立六〇周年に当たった。そこで、当時、有限責任中間法人（現、一般社団法人）であった日本考古学協会は、機関誌である『日本考古学』第二六号（二〇〇八）において「現代の日本考古学の諸問題」を特集した。その際、前会長であった私は、「現代の日本考古学の諸問題―日本考古学協会六〇年の経過と課題―」という論文を寄せた。その中の国際交流の項で、次のように述べている。

本協会員が所属する大学や研究機関が世界各地のそれらと活発な国際交流を実施している現状に鑑みて、隣国ともいうべき朝鮮民主主義人民共和国（北朝鮮）との関係である。前期旧石器・化石人骨、青銅器や高句麗の文化など、北朝鮮における各時代の歴史や文化の研究の現状は、北東アジアにとって空白地帯といってもけっして過言ではない。このような状況を克服するためには、本協会が中心となって、日本と北朝鮮との間の学術交流の道を切り拓く必要がある。ここで想起されるのが、日中国

平山郁夫先生（左から５人目）ご一行と徳興里古墳にて
（2005年４月の訪朝時）

交回復前の一九五七（昭和三二）年四月に、中国へ戦後はじめて考古学視察団が出ていることである。筆者は、一九八六年以来五回にわたって訪朝している経験に照らして、近い将来における訪朝団の派遣を切に願うものである。

そのように述べた手前、私自身が実践しなければならないと思い、その後も二〇一一（平成二三）・二〇一二・二〇一六年と今年（二〇一九）の四度にわたり訪朝した。そのうち、私にとっては一九八六（昭和六一）年の初訪朝以来八度目で三〇周年の記念の意味も込めた二〇一六年の訪朝記を以下に収録しておきたい。

北朝鮮の遺跡を訪ねて―四年ぶりの訪朝―

去る二〇一六（平成二八）年四月二一日から二六日までの六日間、高句麗会（伊藤利光事務局長）の企画による「高句麗文化の遺跡を訪ねて」として、四年ぶりに朝鮮民主主義人民共和国いわゆる北朝鮮の遺跡を総勢一五名で踏査した。

二一日に、中国の北京から空路を高麗航空でピョンヤン入りしたが、入国審査時に係官から熊本地震のお見舞とも受け取れる質問を受け、心が和んだことであった。

　私たちの訪朝の主目的は、北朝鮮に所在する古代高句麗と中世高麗の遺跡群を踏査することであったが、それ以前の遺跡も見学できた。まず、原始の青銅器時代では、ピョンヤンの市街地から東に約三七キロのところに立地するピョンヤン特別市江東郡文興里の支石墓は、テーブル型で北部九州の碁盤型のルーツを見る思いがした。そのそばには、古朝鮮の始祖・檀君の王陵が立派に復元整備されていた。

テーブル型（北方式）支石墓群。左上奥に白く見えるのは
1994年に新たに築造された檀君陵（2004年８月14日）

　九州では二〇一六（平成二八）年に、「魏志倭人伝」に登場する伊都国の故地に当たる糸島市の三雲・井原遺跡から石製硯の発見報道があって、全国的にも大きな話題を呼んだ。そして、それがピョンヤン付近にあった楽浪郡からもたらされた可能性が高いものとして、日本における文字文化の起源とも絡んで注目された。その楽浪郡の位置をめぐって、ピョンヤン市内を流れる大同江の左岸に郡役所の遺跡が位置することも早くから知られていたが、市街地化された統一街の一角に、土塁の一部と塼《せん》（レンガ）積みの井戸が現存していて、そこを見学できたのは予定外のこととはいえ、ありがたいことであった。ちなみに、中国・漢の楽浪郡に対して、北朝鮮では中国の遼東地方に求めてい

て、ピョンヤンのそれは楽浪国という朝鮮の小国だとする学説を現在も崩していない。ともあれ、楽浪の出土品も展示する朝鮮中央歴史博物館の展示品の中に、楽浪出土の金糸を見出した。金糸といえば、前漢鏡とともに、アフガニスタンのティリヤ・テペでも出土しているのである。

私たちのいう楽浪郡は、高句麗によって美川王一四（三一三）年に滅ぼされた。高句麗はその勢いに乗って南方への勢力拡大をねらい、四世紀後半には百済との緊張関係が生じる。その際、百済と友好関係にあった倭は、百済を支援するべく渡航することになり、宗像・沖ノ島において航海安全祈願の祭祀を始めた。

高句麗は、領域の南方への進出に伴って、長寿王一五（四二七）年に平壌へ遷都した。そのときの平壌城が、現在ピョンヤンの東方約一〇キロの郊外に残る平地城の安鶴宮と、その北方背後に築かれた大城山城であり、その遺跡がよく保存され、整備も行われている。また、安鶴宮の前方には道路が格子目状に走る計画都市も想定されている。ここで興味深いのは、このような都城制は大宰府のそれにも通じる点である。なお、現在、安鶴宮跡の西側において民俗公園が建設工事中で、原始の支石墓から近代の民家まで再現される計画という。

さて、高句麗の平壌城は、平原王二八（五八六）年に西方約一〇キロのところに移都している。新しい大規模で本格的な都城の建設は、陽原王八（五五二）年の着工から実に三四年の歳月を要したと『三国史記』は伝える。周囲約二三キロに及ぶ羅城の南部は外城といわれ、住民の居住空間に当たる。二その外城の西側で、宣耀門推定地の門跡を中心に八一六メートルにわたって城壁が遺存していた。二〇〇六（平成一八）年の発掘調査で、高句麗時代の石築の城壁の一部が露呈された。外城壁は、ピョンヤンの中心街に当たるため完全に壊わされていると思っていただけに感動的にカメラのシャッターを切ったことである。

先の大城山城の南麓から東方にかけては、高句麗中・後期の古墳群が数多く分布し、その数は千余基ともいわれる。その中には壁画古墳が十余基含まれる。そのうち、南麓にある大城山（旧高山里）古墳群は植物園の一角によく保存されているが、結婚記念の写真撮影に仲間十数人とともに訪れている風景にも出くわした。また、そのうちの高山洞一号墳は、去る二〇一一（平成二三）年に、一九三六（昭和一一）年の日本人による発掘調査から七五年ぶりに日朝共同の再調査が行われた結果、六世紀初の四神図の一つで奥壁に描かれた玄武図のそばで「武」という墨書銘が新たに発見されている。さらに、東方の双楹塚の内部に設けられた二本の立柱は、「神宿る島」宗像・沖ノ島と関連遺産群の構成資産の一つである新原・奴山古墳群を含む、津屋崎古墳群の勝浦峯ノ畑古墳に見るそれが、しばしば引き合いに出される。

ところで、高句麗の壁画古墳は、北朝鮮では八七基知られるが、そのうち六三基が、去る二〇〇四（平成一六）年に「高句麗古墳群」として北朝鮮初の世界遺産に登録された。壁画古墳は四世紀中ごろに始まり、七世紀まで三百数十年間にわたっており、便宜上、前・中・後期に編年される。今回の訪朝時には、それぞれの時期を代表する三基の壁画古墳をつぶさに観察できた。保護施設の通路を通って横穴式石室内に入ると、色彩やかに保存状態のよい壁画が目に飛び込んでくる。九州の装飾古墳や近畿の高松塚壁画古墳などとは、顔料や漆喰などの下地が違うせいであろうか。とくに、後期の江西大墓を見学したが、竹原古墳の朱雀図を連想した。ピョンヤン滞在中の高麗ホテル内の書店で求めた『高句麗壁画保存』（二〇〇九）と題する書物は、自然科学的に壁画の診断と保存を論じた内容である。

もう一つの目的であった中世高麗に関しては、首都があった黄海北道のケソン（開城）に遺跡がもっとも集中している。そして、それらは去る二〇一三（平成二五）年に、「開城の歴史的建造物と遺跡」として、世界遺産に登録されている。ケソン都城の中枢部は、松嶽山麓の満月台と呼ばれるところに王宮跡が良好な状態で遺存することが戦前からよく知られて来た。その遺跡に対して、朝鮮中央歴史博物館と韓国の国立文化財研究所が共同で、二〇〇七年から翌年にかけて三次にわたる発掘調査を王宮の北西部において実施した。その後、一時中断を経て二〇一四年七月から二〇一六年一二月まで王宮の南西部において調査は再開された。その間に得られた調査結果には測り知れないものがある。たとえば、西宮や官衙の建物群の規模や配置が判明したことと、二〇一六年一一月までの調査で約三五〇〇点の遺物を収集したが、その中には新たに見つかった金属活字一点も含まれる（二〇一五年一二月二日付『西日本新聞』）。

最後に、私たち一行は出国前日の四月二五日の午後、社会科学院を表敬訪問し、前・歴史研究所長で朝鮮歴史学会長の曺喜勝先生と考古学研究所長の孫秀浩先生らと学術交流を行い、旧交を温めた。その際、私は伊都国の硯、田熊石畑遺跡の青銅器、沖ノ島と関連遺産群や鷹島沖水中遺跡のことなど話題を提供した。先方からは、満月台における重大成果を近い将来発表するとか、満月台の東部の調査も実施する予定とか、その他、咸鏡道で渤海時代の平地城・山城・古墳群を新たに発見し、発掘調査も行っていることなど、最近の調査・研究の状況を垣間見ることができた。滞在中に、書店で求めた『朝鮮考古研究』と『歴史科学』という専門雑誌さえ一〇年以上日本には入っていないのである。

それにつけても、二〇一六（平成二八）年一月に発刊されたばかりの『古代朝鮮のコインドル（支石墓）』を見ても、引用された日本の参考文献はいずれも一九八六年以前のものばかりで、最近の成果は伝わっていないという、学術交流の不正常さを改めて痛感した。そして、一九八八〜八九年におけるケソン郊外の霊通寺跡に対する考古学研究所と大正大学や、二〇一〇年と二〇一一年における東山洞と高山洞一号墳の高句麗壁画古墳に対する考古学研究所と東京大学の共同発掘に思いをいたすのである。韓国でも、二〇〇六年に国立文化財研究所が、考古学研究所と共同して、安鶴宮の城門・城壁の発掘調査を実施している。さらに、二〇一八年一〇月から第八次満月台南北共同発掘が再開されたというニュースにも接した。このような学術交流の芽を大きく育て上げ、恒常化していく努力が必要ではなかろうか。

復元整備された霊通寺（2016年 4 月24日）

東アジアの考古学を専攻する私にとって、北朝鮮の調査と研究の成果が活用されるべく、学術交流の必要性と重要性を改めて痛感した旅であった。出国審査の折、若い係官に朝鮮の歴史や文化に関心があって訪朝したと伝えると、笑顔で渤海国の存続期間を質問された。瞬時の会話とはいえ爽やかな

ピョンヤンの朝鮮労働党創建記念塔にて
（2019年９月13日、水島雅之氏撮影・提供）

気分で、来たときと同じ高麗航空北京行の機上の人となった。

（二〇一六年七月九日付『西日本新聞』）

二〇一九（令和元）年九月には、三年ぶりに九度目の訪朝を果たした。遺跡や博物館などの見学はもちろんであるが、社会科学院を表敬訪問した。その際、朝鮮歴史学会の曺喜勝会長（前・歴史研究所長）や考古研究所高句麗室長の崔承沢氏ら研究者との学術交流も行った。

私個人の研究活動とともに、研究の社会的活動は、研究者の一人として看過できない。私は、すでに三六歳になった一九七五（昭和五〇）年に、日本考古学協会の委員（現在の理事）に就任しているが、二〇〇四（平成一六）年の有限責任中間法人（現、一般社団法人）日本考古学協会の副会長を経て、二〇〇六年には会長に就任している。その際、二〇〇七年五月発刊の『日本考古学年報』五八（二〇〇五年度版）の序言において、以下のような文章を草しているので、当時の学界状況を垣間見ていただきたいと思う。

私たちの日本考古学協会は、去る二〇〇四（平成一六）年三月一日に、有限責任中間法人として新たな歩みを踏み出して早や三年が経ちました。その間、会員の皆さま方の日常的なたゆまぬ研鑽によって、考古学の調査・研究はさらなる発展を遂げて参りました。そのことは本年報をご覧いただけましたらおわかりのとおり、二〇〇五年度においても例外ではありません。

二〇〇五（平成一七）年の日本における考古学の調査・研究は、例年どおり日本列島内を中心として、諸外国にも及んでいます。列島内では、原始の旧石器時代から大正・昭和時代の近・現代まで、実に広範囲に及んでいます。その内容は、時代別や都道府県別のそれぞれの動向に、文献一覧を付して要領よく整理されています。諸外国に関しては、必ずしも網羅的ではありません。本年報に収録できなかった分野でも、たとえばロシア・モンゴルなど、特定地域を対象とした調査・研究活動が活発に行われています。このような外国考古学研究とも関連して、当協会活動の国際化が大きな課題と考えます。その点で、二〇〇五年度末に近い二〇〇六年一月、大阪において世界考古学会議（ＷＡＣ）の中間会議が催され、成功裡に終了したことの意義は大きいと思います。その際、当協会も田村晃一会長（当時）が開会式で挨拶を述べ、また、ポスター発表を行うなど、積極的に支援いたしました。

ところで、私たちの考古学的調査・研究を取り巻く環境は、昨今の社会情勢を反映して一段と厳しさを増す状況下に置かれています。そこで、当協会員はこぞって、自らの調査・研究条件の改善に向けて不断に努めなければなりません。また、調査・研究対象である埋蔵文化財の保護や調査・研究成果の社会還元など、考古学研究者としての社会的責任の重さを改めて自覚し、行動しなくてはならないでしょう。たとえば一例を挙げますと、差し当たり、小学校の社会科教科書の学習指導要領における旧石器・縄文時代の学習の必要性をさらに強くアピールしたいものです。

最後に、本年報の作成に当たってご尽力いただきました会員の皆さまのご労苦に心からの謝意と敬意を表したいと思います。

ここで言及している小学校の社会科教科書の旧石器・縄文時代の学習に関連して、二〇〇七（平成一九）年三月二〇日付の『朝日新聞』文化面で、「旧石器・縄文なぜ消えた　小学校の社会科教科書　学会として復活要望」という見出しで訴えているので、合わせて転載しておきたい。

現在、小学校で使われている教科書を見ると、六年生になってはじめて学ぶ日本の歴史は突如、米づくりが始まった弥生時代から説き起こされている。これは、一九九八（平成一〇）年一二月に、当時の文部省が小学校学習指導要領の改訂を行ったことにより、二〇〇二年度から新しい教育課程の基準が実施されるようになったことに基づいている。

いきなり「農耕」「古墳」　改訂指導要領によれば、第六学年の歴史の学習にあたっては、「我が国の歴史や伝統を大切にし、国を愛する心情を育てるようにする」ことなどを目標に掲げる。そして、「我が国の歴史上の主な事象について、人物の働きや代表的な文化遺産を中心に」すえて、歴史を学ぶ意味を考えさせるとともに、「我が国の歴史や先人の働きについて理解と関心を深めるようにする」ことなどを内容としている。

それを受けて、内容を厳選する観点から、日本の歴史について「農耕の始まり」と「古墳」という二つの歴史的事象を取り上げ、また、神話・伝説を調べることで国の形成に関する考え方などに関心を持たせるように指導する。

そこで、小学校六年生の日本歴史の学習は、農業を基盤とする、その後の「歴史の進展に大きな影響を与えた」弥生時代から始められることになった。その結果、弥生時代に先立つ旧石器・縄文時代のことが取り扱われなくなったわけである。

しかしながら、日本列島の歴史がはるか数万年前の旧石器時代にさかのぼることは、戦後の考古学的調査・研究の大きな成果として定着している。国内の博物館では旧石器時代の文化から展示、解説することが一般的である。それればかりか、たとえば戦後における旧石器時代研究の記念碑的存在である群馬県・岩宿遺跡では、旧石器文化に関する専門の博物館まで設置しているのである。

ついで、一万二、三〇〇〇年ほど前に、旧石器時代に引き続いて縄文時代が成立する。列島初現の縄文土器は、世界の土器の中でも、最も古く位置づけられ、また、自然との共生によって花開いた列島独自の「縄文力」は国内外で注目されて来たところである。

さきごろ文化庁に申請された世界文化遺産候補にのぼっている青森県・三内丸山遺跡や、直径一〇〇メートルを超す千葉市・加曽利貝塚に代表される環状貝塚群、さらには鹿児島県・上野原遺跡など多くの遺跡が日本列島には存在する。また、これらの多くは史跡公園として整備され、子供たちは身近な所で豊かな縄文文化に触れる学習が可能になっている。

独自性・地域性示す文化　日本列島の旧石器・縄文時代の文化は、世界の中での独自性と、南北に長い列島各地における複雑な地域性を示している。このことを学ぶことによってはじめて、「農耕の始まり」の歴史的背景についても理解と関心を深めることができよう。

また、日本列島全域で一挙に農耕が始まったのでもない。九州や本州などで水稲耕作が始まった後も、北海道では続縄文文化、そして沖縄をはじめとする南西諸島では後期貝塚文化と、それぞれ呼ばれる特色ある文化が展開していたことを見過ごしてはならない。

このような学術研究の成果を、学校教育・生涯学習の現場における実態に照らすと、旧石器・縄文時代の記述が削除されている現状は是正されねばならない。日本列島に人々が暮らし始めた旧石器・縄文時代を経て、その発展の中から弥生時代が始まるという体系的な学習こそが、子供たちに正しい歴史認識を学ばせ、ひいては改正教育基本法に謳われる「我が国と郷土を愛する態度を養う」ことに資するのではなかろうか。

考古学研究者の多くが結集する日本考古学協会では、昨年（二〇〇六）秋の愛媛大会において、歴史教育に考古学の研究成果が適切に活用されるよう望むとともに、今年（二〇〇七）六月にも予定される学習指導要領改訂の際に、小学校第六学年の歴史学習の内容に旧石器・縄文時代を取り扱うよう要望する声明を、文部科学省と中央教育審議会に提出したところである。ここに重ねて強く要望したいと思う。

ちなみに、日本考古学協会から私は、今年（二〇一九）五月一八日に、永年在籍の功労に対する表彰と、考古学研究に研鑽を続けるとともに研究者の育成や文化財保護活動においても多大な貢献をしたとして、シニアフェローの称号を授与された。

上述して来たような研究関連の諸活動とともに、教育関連も重要な位置を占める。ただ、日本の学生は概してあまり勉強熱心ではないという印象を持って来た。そのため、定年退職時に、東京のさる私立大学の話などもいただいたが辞退した。ただ、徳島大学だけは、例外として二〇〇三（平成一五）年に集中講義「日朝交流史の考古学」を行った。というのは東潮《あずまうしお》教授が、繁忙を極めた現役時代は遠慮して、退職後に招請したいと予定されていたそうで、そのご期待にはそわせていただいたのである。

韓国伝統文化学校の学生たちと

一方、あるとき私の携帯電話に韓国伝統文化学校（現、韓国伝統文化大学）の鄭焟培教授から招聘の話が飛び込んだ。韓国には永年にわたりお世話になったことへの恩返しと、韓国の学生は勉強熱心の上に礼儀正しいことを知っていたので、喜んで出講させていただくことにした。二〇〇四（平成一六）年三月に外国人招聘教授に就任し、最初は一年間と思っていたが、翌年からも継続を依頼された。二〇〇八年四月の九州歴史資料館長就任を機に退任することにしたが、四年間勤務する結果となった。学内に宿舎も与えられ、外国人住民登録証も持っていたが、実際には月に一回の割で通勤し、一週間の集中講義を行うという形であった。講義は、韓国考古学史・日本考古学・シルクロード考古学・高句麗考古学などを取り上げた。この大学は、韓国の文化財庁が百済の故都・扶余の郊外に設立した四年制の国立大学で、奨学制度や寄宿舎などが充実し、目的意識を持った優秀な人材が全国から集まっていた。文化財の専門家養成の大学として、文化財管理・保存科学・文化遺蹟（考古学）・建築史・陶芸・絵画などに関する学科が設けられていた。出講三年目の二〇〇六年一二月七日には、文化遺蹟学科一同が謝恩会を催し、感謝牌をくれた。それには、西谷正先生へとして、「先生には、この三年間、私たちのために数多くの学問的知識を与えて下さり、長距離を往来されるご苦労にも拘わらず、いつも人間的な誠実さを示して下さいました。私たちは、先生のことを忘れることができず、いつも真面目な弟子であることを約束申し上げつつ、この感謝牌を捧げます」と記されていた。

大学での講義は以上のとおりであったが、それにも増して、一般市民の考古学・古代史ファンを対象とする講座・講演・シンポジウムなどは積極的に対応して来た。これは、私が何十年にもわたって税金で考古学の勉強をさせていただいたので、その蓄積を皆さんに還元したいという気持から始まった。何よりも皆さんは熱心なので、やり甲斐があるというものである。現在、海の道むなかた館の館長講座、九州歴史資料館と伊都国歴史博物館の名誉館長講座をはじめ、各種団体・自治体主催の講演会・シンポジウムなど、一月に少なくとも五件、多いときは一〇件ほどを行っている。これらの屋内での座学とは別に、現地学習とでもいうべきツアーで、九州はもとより全国各地から、韓国・中国・北朝鮮へと、平均毎月一回以上出かけている。そのつど仲間が増え、輪が広がっている。福岡にある「東アジアの古代史を楽しむ会」という、会員四四名の会では、私の講演のほか、会員の研究発表会や日帰り・宿泊のツアーなども実施されている。これらの対応で時間に追われることはまだしも、講演などの中味が薄くなっていたり、新鮮味やオリジナリティに欠けたりしているのではないかと、内心忸怩たるものがある。それはともかくとして、講演などが終わった夜の有志による懇親会がまた楽しい。

とりわけ印象に残る方々を、お三人だけ特筆すると、法務教官の山口孝志氏は、一〇年近く前の福岡勤務時代から始まり、大分と広島の少年院長時代にかけて、熱心に受講されたが、現在は北海道に転勤され、一抹の淋しさがつのる。とはいえ、山口氏は子供たちとの接点で、学ばれたことがきっとにじみ出るのではないかと期待感さえ抱くのである。同じように、糸島市内の小学校教諭の庄島喜美子・藤村芳恵両先生は、私のおっかけと称され、熱心に受講して下さっている。学校の業務でご多忙の中にも拘らず、土・日の講演会などでよくお見かけする。両先生が学ばれたことや研究熱心な姿勢は必ずや自然と子供たちに伝わるのではないかと、私の講演にも熱が入るのである。

研究活動と係わりの深いものに、自治体史の編纂事業がある。まず現役時代から編集委員会委員長として取り組んで来た『小郡市史』は、二〇〇三（平成一五）年一二月の第七巻資料編（年表・総索引）の刊行をもって完結したが、二〇一七年一月には補遺編も発刊している。

新たに、佐賀県唐津市の合併を直前に控えて、『北波多村史』が編纂されることになった。その際、私は執筆委員会原始・古代部会長として参画した。同村史は、二〇〇七（平成一九）年三月に資料編が発刊された後、二〇一一年三月に通史編Ⅱが刊行されることで全四巻が完結した。

庄島喜美子（右）・藤村芳恵（左）両先生とともに
（2019年４月21日）

現在進行中の自治体史の一つは、『福岡市

史』である。私は、二〇〇五（平成一七）年一月二七日に開催された、第一回福岡市史編さん委員会において、顧問に就任しているが、名ばかりの役職で実働を伴わないで現在に至っている。ただ、委員会発足の翌二〇〇六年三月に発行された『市史だより　Fukuoka』第二号に、次のような「市史に期待する」一文を寄せている。

いまなぜ、『福岡市史』なのでしょうか。総額二〇億七〇〇〇万円ともささやかれる莫大な経費を必要としています。福岡市史編さん事業は、去る二〇〇四（平成一六）年四月に、市史編さん室が設置されたことに始まりましたが、二〇年をかけて三五巻を刊行しようという大事業です。

さて、福岡市は、アジアに開けた交流拠点都市として大きな発展を遂げ、その繁栄ぶりは国内外から注目されて来ました。二一世紀に入ったいま、さらなる発展を目ざして、その方向性の指針になるのが市史ではないでしょうか。その意味でも、市政一二〇周年という福岡市の歴史の一つの節目に当たる平成二一年度に第一巻が発刊される意義は大きいですし、その日を心待ちにしたいと思います。また、市史によって、福岡市の輝かしい歴史を知り、その遺産である各種の文化財に触れることができるのは、市民として大きな喜びであり、その結果、郷土に対する愛着をも育くむことになりましょう。このたび編さんされる市史は、たとえば文章表現一つをとってもわかりやすく、そして、ビジュアルで情報技術（ＩＴ）なども駆使されますので、きっと市民に広く親しまれるものにでき上がると信じるとともに、大いに期待もしています。

ところで、市史編さん事業は、いってみれば、そのこと自体が学術・文化の活動です。財政難に拝金主義という社会風潮の中で、福岡市一〇〇年の大計に立てば、学術・文化への資金投入を惜しんではなりません。永い歴史をもつ福岡市のことですから、歴史史（資）料の調査と収集の過程で、どんなに貴重かつ重要な発見があるかもしれません。いまから期待感で胸がわくわくときめきます。そのためには、市史づくりが市民一人一人にとっても大切なものであることを自覚し、調査・収集に当たられる先生方に、積極的に協力したいものです。

そこで、市史編さん室の皆さんにお願いしたいことは、収集資料の内容や調査・研究の成果を、刻々と市民に情報発信していただきたいと思います。本広報誌『市史だより Fukuoka』もありがたいですが、たとえば、『市政だより』一頁分を市史だよりのスペースとして割いてもらい、大いに広報に努めていただけないものでしょうか。

さきほど、福岡市の歴史遺産としての各種の文化財のことにも触れました。福岡市民はもちろん、大げさにいえば、人類共通の遺産である文化財は、調査・研究の上、大切に保存・活用をはかられねばなりません。この分野については、福岡市の教育委員会（現、経済観光文化局文化財活用部）が担当しています。各種文化財のうち、埋蔵文化財に関しては、開発工事に伴う緊急性などから、比較的充実した対応がなされて来ました。しかしながら、その陰で、文献史料・民俗資料・建造物や美術・伝統工芸などなど、充分な対策が打たれていません。そこで、市史の史（資）料の調査と収集の過程で得られたものに対して、市の文化財に指定し、保存をはかる方向で、文化財保護行政にも活用されてはいかがでしょうか。市史の編集方針によると、自然環境や景観などの変遷の中に、地域の歴史的世界を位置づけることを目ざすといわれます。これは、とても大事な視点と思います。一昨年（二〇〇五）の国の文化財保護法改正の要点は、文化的景観の新たな制定と、登録文化財の拡充でした。福岡市でも、国の法改正に整合させるべく条例改正を行うべきでしょう。そこで、たとえば、三瀬街道とその街並みとか、戦時における庶民の日常的な生活道具なども市史で取り上げていただくとともに、それらをもまた、文化財保護行政に連動していただきたいと思います。

なお、編集方針によれば、『福岡市史』は現在の学界の水準を凌駕し、学問的な批判に耐えうる内容のものとするといわれます。もちろん、そうでなければなりませんが、その結果、一般の市民にとっては近より難い場面が出てくることも予想されます。そこで、『福岡市史』では普及版通史も計画されています。ぜひとも将来的には、小学校高学年に目線を合わせたダイジェスト版が作成され、合わせて学校教育の現場で副読本としても使えるものを刊行して欲しいと思います。

また、東アジア全体から見た『福岡市史』を目ざされる点は、大きな共感を覚えます。その点で、外国人にも容易に理解され、親しんでいただくべく、外国語版通史（普及版）が予定されていますが、少なくとも韓・中・英版は欲しいものです。

このほど計画された『福岡市史』が、福岡市にとって有史以来の大事業の一つといって過言でないだけに、期待や注文がふくらむばかりです。直接、編さんに当られる関係者の皆さんのご健闘を心からお祈りしています。

また、編さん委員会委員長として『みやま市史』と、編集委員会委員長として『新修宗像市史』にそれぞれ取り組んでいる。まず、二〇一四（平成二六）年一二月に『みやま市史』の初巻を刊行したが、この

『みやまの人と歩み』発刊に当たって、次のように述べている。ちなみに、今年（二〇一九）三月には『みやま市史』通史編上巻を刊行しており、二〇二〇（令和二）年度に発刊する普及版をもって全六巻が完了する予定である。

二〇一二（平成二四）年度に発足した、私どもみやま市史編さん委員会では、資料の収集ならびに調査・研究に鋭意取り組んで参りました。

みやま市史編さん事業が三年目に入った今年度、予定どおり初巻として、みやま市史編集委員会専門部会の人物部会が中心となって集めて来ました人物伝を、『みやまの人と歩み』と題して発刊する運びとなりました。

本書で取り上げる人物の選任に当たっては、厳選・中立かつ慎重に行いました。そして、大きく伝記編と分野編から構成しています。まず、前編の伝記編では、一六世紀の近世初期から現代にわたって、いわば全国区で活躍された人たちを紹介しました。ついで、後編に当たる分野編では、一七世紀の近世から現代まで、郷土を中心に活躍した人たちを取り上げています。その分野は、芸能・文学、芸術（書画）、教育界、相撲界、維新の志士、世界を舞台に活躍した人たち、地方自治と政界、地域振興や産業振興・ものづくりに貢献した人たち、さらに、協同組織に力を注いだ人たちと、実に多くの分野にわたっています。

いま本書を改めて通読して思うことは、富士山の山頂から裾野にかけて広がるような人脈の高さと広がりです。そのように優れた人材を多数輩出した郷土みやまの風土と歴史に、改めて畏敬の念を覚えるのです。

ここで、私事にわたって恐縮ですが、登場する人たちの中には、私が直接お目にかかった方々が含まれています。私が九州大学に在職中の四〇年近く前のことですが、文学部考古学研究室の初代教授・鏡山猛先生のご縁で、先生とかっての戦友であり、親友であられた原田観峰さんに何度かお目にかかりました。原田さんの独特な書風と風貌に親しみを感じるとともに、原田さんの書道を通じての人づくりに寄せる情熱や、平和への並々ならぬ願いに感動を覚えたことを思い起こしています。また、そのころより数年前の一九七〇（昭和四五）年ごろ、私は当時、福岡県教育委員会文化課に在籍し、九州縦貫自動車道建設工事に先立って、瀬高町大草付近の大道端遺跡などの発掘調査に従事していました。その折、地元で永年にわたって邪馬台国山門説の調査・研究に没頭しておられた、村山健治さんにずいぶんいろいろと教えていただきました。また、当時の町長が石橋正義さんであり、そして、地元選出の県議会議員が梅野茂芳さんであって、発掘調査の遂行に当たって、種々ご配慮をいただいたことを思い出します。

読者の皆さまには、このような直接の出会いのほか、記録や伝承を通して間接的に出会われた人たちが少なからずおられることでしょう。市民の方々はもとより、市内外の多くの皆さんに本書をお読みいただき、先人の生きざまに触れることによって、多くのことを学び、今後の私たちの生き方の糧にできればと念じています。さらに、住み心地のよい、潤いのある町づくりにとって、何よりも人づくりが大切です。みやま市の今日を築いて来られた先人の生きざまを、新しい人づくりにも役立たせたいものです。

本書の作成に当たっては、ビジュアルに、そしてまた、わかりやすくをモットーとしました。市内外の多くの方々に利活用されますようお願い申し上げます。

最後になりましたが、本書の完成に当たって、ご理解とご協力をいただきました市民の皆さまや関係者の方々に心から深く感謝申し上げますとともに、市史の完結まで引き続き、ご指導ご鞭撻のほどお願い申し上げます。

そして、今年（二〇一九）三月に初巻に当たる『うみ・やま・かわ―地理・自然―』を発刊した『新修宗像市史』においては、以下のような挨拶文を草している。

『新修宗像市史』を手にする著者
（2019年5月、宗像市提供）

私ども新修宗像市史編集委員会は、去る二〇一五（平成二七）年から八カ年計画で、新しい市史の編さん事業に取り組んで参りましたが、このほど自然編に当たる『うみ・やま・かわ』を初巻として発刊する運びとなりました。さかのぼって、前回の『宗像市史』は時代を追って通史に編さんしているのに対して、今回はテーマを決めて編さんすることになっている点が特長的です。

さて、市史の編さんを行うに当たり、まず基本方針を策定しました。それは、市政運営の基本である「第二次宗像市総合計画」において示される「ときを紡ぎ、躍動するまち」つまり「歴史文化を継ぎ育むまち」という将来像に立脚することです。

その際、宗像市は二〇〇三（平成一五）年の玄海町と、それに続く二〇〇五年の大島村という二度の合併を経て拡大された新しい市域、ならびに、国際化が進む中での東アジアの交流拠点としての視野から、あらためて宗像市の置かれた自然・地理的および歴史・文化的位置を明確にすることが必要です。

そのためには、市民協働による編さん事業を進める過程を通して、市民の郷土宗像に対する愛着心や誇りを育てるとともに、未来のまちづくりや文化の向上に役立てたいものです。

そして、各種有形・無形の歴史・文化資料を収集・分類・整理の上、調査・研究を深めることが大切です。その上でそれらをしっかりと保存し、併せて公開・活用しなければなりません。それらの諸活動とともに、市史の発刊や成果の講演・展示などによる市民の郷土に対する理解と併せ、学校教育とも連携して、グローバルな人材の育成にも努めます。

以上に申し述べましたような新修宗像市史として、市民はもとより、市内外の多くの皆さんに積極的に活用していただくことを祈念いたします。そして、二〇二二年度をもって全六巻が完了するまでの間、私どもの市史編さん事業に引き続き、ご理解とご協力を賜わりますよう、お願い申し上げます。

なお、ここにあるように、『新修宗像市史』はテーマ別に編集しているが、今後は二〇二二（令和四）年度の『くらし』編の発刊をもって全六巻が完了することになっている。

私たち考古学研究者にとって、博物館活動も重要な位置を占める。歴史の時代区分として、世界的に共通している三時期法が、一九世紀はじめにトムゼンによって、デンマーク国立の北方古物博物館の展示方法が模索される過程で生まれたことはよく知られるところである。

私が直接開設などに関与した博物館を時を追って列記しておく。まず、伊都国歴史博物館（二〇一〇年、糸島市誕生に伴い糸島市立伊都国歴史博物館に改称）に関して、一九八七（昭和六二）年七月開館の伊都歴史資料館を経て、二〇〇四（平成一六）年一〇月二八日にリニューアル開館したときに館長に就任した。開館時から始めた館長講座は、名誉館長になった二〇〇七年四月から名誉館長講座として現在も続いている。ちなみに、講座のテーマは、昨年度まで行った「古代の朝鮮半島」に続けて、今年度は「中世の朝鮮半島」を取り上げている。なお、開館時の常設展示図録では、次のような「ごあいさつ」を述べている。

糸島地方は、一七〇〇年以上前に、中国の歴史書である「魏志倭人伝」に登場する伊都国があったところとしてよく知られています。倭人伝は、伊都国に関して代々王がいたと記していますが、そのことを裏づけるかのように、三雲南小路・井原鑓溝そして平原の諸遺跡で王墓が見つかっています。伊都国の王都は、三雲・井原遺跡と推定され、その全容解明と保存に向けて、発掘調査が進められています。前原市教育委員会では、それらの伊都国の中心的遺跡以外にも、重要な遺跡を数多く調査し、大きな成果を挙げています。とりわけ出土品の数々は、伊都国が大陸や列島諸地域との対外交流の拠点的存在であったことをよく物語っています。

一九八七（昭和六二）年七月に開館し、皆さまに親しまれてきました伊都歴史資料館は、このたびの新館建設を契機に伊都国歴史博物館と改称し、リニューアルオープンいたしました。ここでは、伊都国の実像を浮彫りにするとともに、その前後の歴史の理解にも役立つように工夫しています。

当館の展示をご覧いただくことによって、伊都国の故地・糸島地方が日本古代や対外交流の歴史において果した役割をご理解いただきたいと思います。また、伊都国を含めた糸島地方の永い歴史全体を学んでいただき、現在や未来を考えるきっかけにしていただけましたら幸いでございます。

次に、長崎県関係では、長崎県立埋蔵文化財センター・壱岐市立一支国博物館（仮称）の整備に関連して、原の辻遺跡・埋蔵文化財センター等整備基本構想策定会議の委員長に就任した。そして、二〇〇三（平成一五）年一二月に同会議で策定した基本構想を提言書として県に提出した。提言書を受け取った辻原俊博・副知事は、「埋蔵文化財センターを二〇〇四年に誕生する壱岐市のシンボルとし、地域振興の核にしていきたい」と抱負を述べられた（一二月一七日付『長崎新聞』）。

続いて、二〇〇八（平成二〇）年四月には、福岡県立の九州歴史資料館の第七代館長に就任したが、二〇一三年三月で退任した後、同年四月に名誉館長に就任し、現在に至っている。退任に際し、私と太宰府との係わりについて、次のように述懐している。

はじめに　思い起こせば、いまから四七年前の一九六七（昭和四二）年四月に、奈良国立文化財研究所から、新たに発足した福岡県教育委員会の文化課に赴任した。前年の九月から同じく社会教育課に着任しておられた藤井功さんと一緒に、大宰府史跡の調査を担当するものとばかり思っていたが、私は九州縦貫自動車道の建設工事に伴う発掘調査に従事することになった。大宰府史跡を直接、発掘するという夢は叶えられなかったが、一九九二（平成四）年四月に大宰府史跡調査研究指導委員会委員に就任してからは、大宰府史跡の調査に間接的に係わることになった。

大宰府史跡調査研究指導委員会委員として　ここ一〇年の太宰府を振り返ると、二〇〇四（平成一六）年から五年間にわたって大宰府史跡調査研究指導委員会委員としての職責を果たした。その間、発掘調査は第七次五カ年計画第三年次の水城跡の西門跡北西側平坦地および土塁西端取り付き部、同第四・五年次の大堤欠堤部・御笠川西岸平坦部と外濠、第八次五カ年計画初年次の水城西門跡東側木樋吐水部・外濠部、推定内濠と政庁域周辺官衙跡（大楠地区・五反田地区）、同二年次の水城西門跡東側吐水推定部・内濠推定部、政庁域周辺官衙跡（日吉地区等）や、観世音寺西辺域などに対して実施された。その結果、水城と政庁域前面官衙の構造解明が大きく進んだ（九州歴史資料館『水城跡』上巻・下巻、二〇〇九、同『大宰府政庁周辺官衙跡』Ⅰ・Ⅱ・Ⅲ、二〇一〇・二〇一一・二〇一二）。

調査研究指導委員会は、もちろん大宰府史跡の保存整備にも関与する機関でもあったが、発掘調査に大きな成果が見られるようになる一方、保存整備が一段とウェイトを占めるようになっていった。そこで、一九九四（平成六）年には大宰府史跡整備指導委員会が発足すると同時に委員に就任し、現在に至っている。そのうち、この一〇年間には、二〇〇三年七月一九日の豪雨災害に際し崩壊した土塁の復旧工事や、水城欠堤部西側部分などの保存整備工事などが竣工している。

九州歴史資料館長としての五年間　私は、二〇〇八（平成二〇）年四月に思いもかけず、第七代九州歴史資料館長に就任した。その際、前記の大宰府史跡調査研究指導委員会の委員は辞任したが、こんどは立場が替わって同委員会の指導を受けることとなった。館長就任に当たって、当時の森山良一教育長から、九州と冠した歴史資料館であるので、九州を念頭に運営して欲しいとか、二〇一〇年一一月二一日の新築、移転、開館に当たって中興の祖になってもらいたいとか、要請とも激励とも受け取れるお言葉をいただいたように記憶する。私は森山教育長はもとより、福岡県民のご期待に応えるべく日々努力した五年間であった。

新しく生まれ変わった「新九歴」は、これまで以上に、福岡県の文化財保護行政の拠点施設として、各種文化財の日常的な調査・研究・収集・保存などの業務を行う、いわば文化財センター的機能と、文化財の公開・展示・体験学習の場としての博物館的機能を合わせ持っている。さらに、延床面積が旧資料館の二倍になったことや、超高価なX線CTスキャナーなどの最新鋭の分析科学機器の導入によって、大きな発展を期することにもなった。

福岡県は、大宰府史跡を擁していることから、文化財保護行政において、その調査・研究と保存・整備は、もっとも重要な位置を占める。そこで、「新九歴」開館記念特別展のテーマには、大宰府史跡調査・研究三八年間の集大成として、「大宰府―その栄華と軌跡―」を開催した。その特別展の図録に寄せた私の一文「九州歴史資料館と大宰府研究」の最後で、次の点にも触れている。つまり、大宰府といえば、古代を連想するが、その後の中世・近世や近・現代まで含めた「太宰府学」の必要性を、川添昭二先生の主張を引用して強調したところである。

「新九歴」は、小郡市に移転したが、筑後には古代の大宰府傘下の筑後国府や、御原郡衙の遺跡である小郡・下高橋官衙遺跡がある。とはいえ、「新九歴」と大宰府の係わりに変わるところがない。むしろ、大宰府の地を離れただけに、それまで以上に大宰府との連携を強めねばならないと思った。

そうした思いは、二〇一一年（平成二三）度に始まった「九歴講座 in太宰府」という、太宰府市文化ふれあい館と「新九歴」の連携講座の開設に具体化している。

九州歴史資料館名誉館長として思う

私は、昨年の二〇一三（平成二五）年三月末をもって九州歴史資料館長を退任したが、名誉館長として引き続き講座を担当させていただいている。テーマは、二年間にわたる「古代の朝鮮半島」を承けて、「中世の朝鮮半島」としているが、つねに太宰府・九州・日本の歴史や文化の理解に資するように心がけている。

九州歴史資料館の体験学習用古代衣装に身を包んだ小川洋・福岡県知事とともに（2012年９月15日、九州歴史資料館提供）

館長時代以来、太宰府との種々の係わりは、名誉館長となった現在も続いている。すなわち、太宰府市民遺産活用推進計画策定委員会会長を受けて、二〇一〇年（平成二二）からの太宰府市景観・市民遺産会議委員や、二〇一一年九月に就任した太宰府市歴史的風致維持向上協議会会長の立場でも、お役に立てることがあればと願ってのことである。これらの委員会なり協議会は、井上保廣市長が先頭に立って進めておられる「百年後も誇りに思える美しいまち・太宰府」を目指しての事業の一環として位置づけられている。それが「太宰府市まるごと博物館」構想にもとづいて、太宰府市が取り組んでいる文化財総合的把握（市民遺産活用推進）と歴史的まちづくり（歴史的風致維持向上）の計画であり、景観計画（景観まちづくり）とともに、三大事業といえる。そのうち、二〇〇八年五月に太宰府市は景観法にもとづく景観行政団体に移行し、二〇一〇年一二月には景観計画と景観条例を制定した。そして、同年一一月には歴史まちづくり法にもとづいて、太宰府市の歴史的風致維持向上計画が国の認定を受けた。「健全なる精神は健全なる景観に宿る」という私の信条からして、上記の景観関連三事業が出そろった二〇一〇年を「景観まちづくり元年」と位置づけられた、井上市長に声援をお送りしたい気持ちで一杯である。

そうした中、翌年の二〇一一（平成二三）年一二月に、西鉄二日市駅すぐ北の西鉄操車場跡地で、古代の「客館」跡が見つかり、大きな話題を呼んだ。遺跡の重要性に鑑みた関係者・機関の並々ならぬ尽力によって、遺跡の保存が決まり、この六月二〇日には国の文化審議会が特別史跡の追加指定を答申した。今後は市民の英知を集めた史跡整備・活用を待っている。「客館」跡の発見は、景観・歴史まちづくり事業を進める太宰府市にとって、まさに天からの宝の贈り物というべき慶事である。

（「太宰府、この一〇年」『古都大宰府―まもる つたえる いかす―』二〇一四、古都大宰府保存協会）

この間、館長・名誉館長講座を就任以来ずっと続けているが、今年度は「烏丸鮮卑東夷伝の考古学」を講じている。その間、二〇一〇（平成二二）年一一月二一日には、筑前の太宰府市から筑後の小郡市への新築、移転を果たすことができた。

九州歴史資料館長最終年度に当たる二〇一二（平成二四）年度末であったろうか、私の携帯電話が鳴り、当時の谷井博美・宗像市長から宗像市郷土文化学習交流館・海の道むなかた館長への就任要請を受けた。

そのころ、宗像・沖ノ島と関連遺跡群の世界文化遺産登録推進運動の機運が盛り上がりを見せ、同館がその運動の拠点施設としての役割も担っていたので、館長職をお受けし、現在に至っている。去る二〇一七年に、『「神宿る島」宗像・沖ノ島と関連遺産群』が正式に世界文化遺産に登録されてからは、同館はガイダンス施設としての充実化が図られ、多くの見学者を迎え、今年（二〇一九）二月二五日には、開館七年目にして来館者が一〇〇万人に達した。私は、開館以来毎年、正月三が日に館長ギャラリートークと、毎月館長講座を行っている。今年正月のギャラリートークは、正月特別館長講座と銘打って、「宗像大社と宮地嶽古墳をめぐって」を、また、毎月の館長講座は「アーカイブス　古代史の謎」のテーマで、私がかつてテレビなどに出演した映像をご覧いただいた後、テキストを使って解説を行うという形式をとっている。

皇太子殿下（当時）を海の道むなかた館にお迎えして
（2013年７月４日）

そして、海の道むなかた館長に就任した同じ年の二〇一二（平成二四）年の五月から、（仮称）大野城心のふるさと館整備検討委員会委員長（〜二〇一八年三月）や、二〇一六年二月には（仮称）大野城心のふるさと館展示施設実施設計・制作設置業務プロポーザル審査委員会副委員長として、歴史・観光・子供の三つのキーワードを掲げて、新しいタイプの博物館の開設を目ざして尽力した。

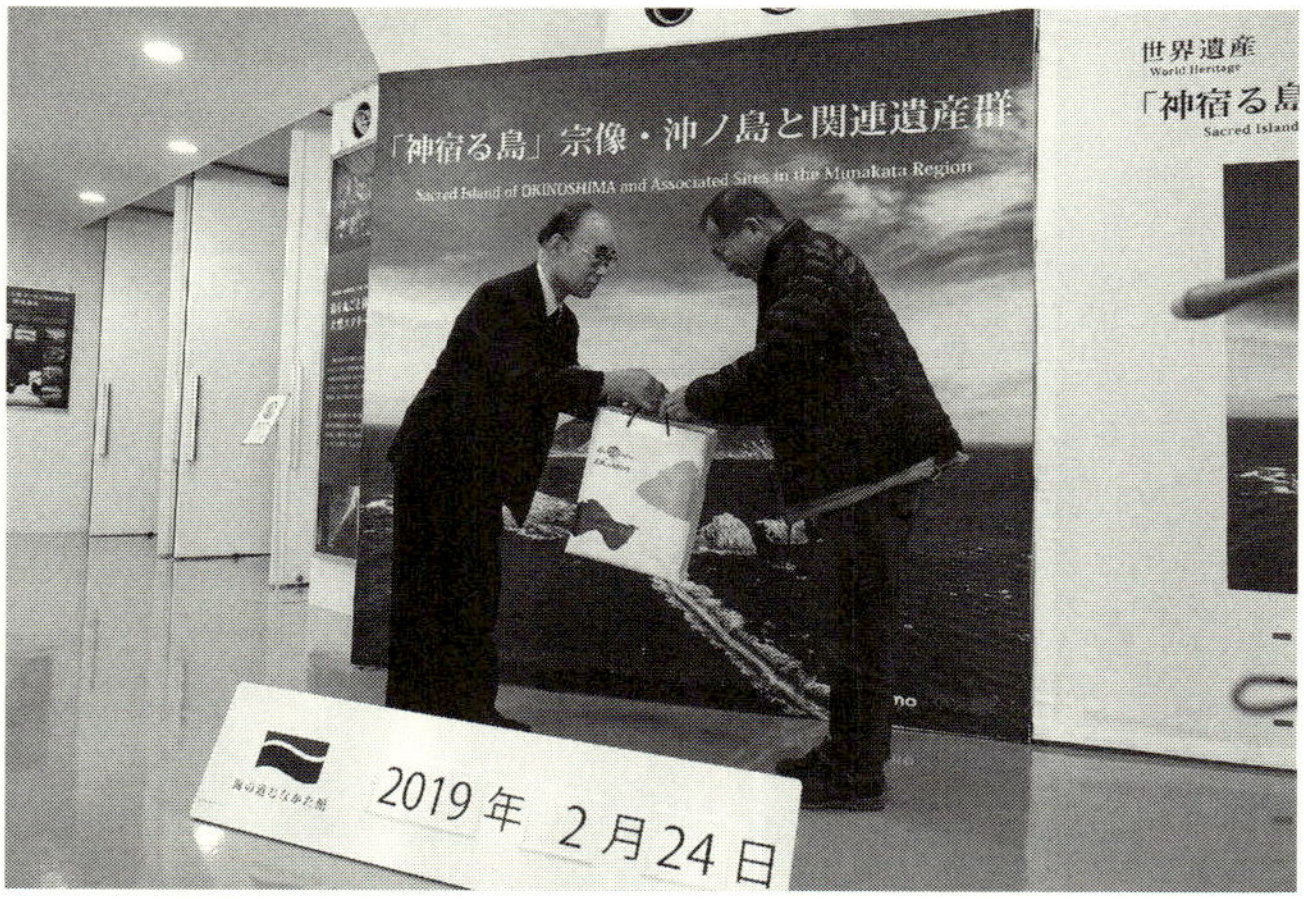

海の道むなかた館入館者100万人達成（坂本雄介氏撮影・提供）

そのほか、国立歴史民俗博物館が今年（二〇一九）三月に一九八三（昭和五八）年以来三六年ぶりにリニューアルされるに当たって、総合展示検討会議（議長・入江昭・米ハーバード大学名誉教授）の委員を担当した。また、九州国立博物館文化財買収協議会の委員も務めた。前者は、二〇一九（令和元）年三月にリニューアルした。さらに、福岡市博物館では、資料収集委員会の副委員長・委員長を歴任した。現在は、大阪府立弥生文化博物館運営協議会と、公益財団法人日本習字教育財団・観峰館外部評価委員会の委員長を務めている。

文化財の保存・整備・活用の分野では、文化庁や各県市町の教育委員会の各種委員が多い年には七〇を超えたこともあった。現在でも文化庁を除いて、福岡県文化財保護審議会の会長をはじめ、各種委員長・委員を三〇ほどこなしている。

そのような活動に対して、飯塚市市政功労者表彰（一九九七年）、佐賀県知事（井本勇）表彰状（二〇〇二年）、福岡市教育委員会表彰状（二〇〇二年）、小郡市長（田篭勝彦）感謝状（二〇〇四年）、平戸市長（黒田成彦）感謝状（二〇一一年）、福岡県教育委員会表彰状（二〇一四年）などのほか、昨二〇一八（平成三〇）年には文化庁創立五〇周年記念文化庁長官（宮田亮平）表彰をいただいた。その功績概要には、「永年にわたり、九州の文化財関係の委員を多数歴任し、遺跡保護に尽力するなど、我が国の文化財保護に多大な貢献をしている」と記されていた。そして、今年（二〇一九）は久留米市功労者表彰を受けた。

文化財保護といえば、まだまだ厳しい現実がある。たとえば、福岡県内では、北九州市の城野遺跡と筑紫野市の前畑遺跡は、きわめて重要な遺跡でありながら禍根を残してしまった。

城野遺跡は、弥生時代中期後半以降、紫川流域に形成されていた「聞《きく》（企救）」国とでも仮称する小国の拠点集落の遺跡である。集落内部には水晶製装身具の製作工房や、後期では九州最大規模の墳丘墓を含んでいた。遺跡は、地権者が法務省の公有地であったが、大型商業施設を建設するという民間会社に買却され、日本考古学協会や市民団体の保存要望にも拘らず、遺跡のほとんどが破壊された。ただ、墳丘墓用地については、民間会社が無償で北九州市に寄贈した。それに対して、市民団体の城野遺跡の現地保存をすすめる会（万田守会長）は、民間会社の厚意に応える意味でも、墳丘墓の隣接地を買い戻して、城野遺跡公園（仮称）として公園化することを要望して来たが、北九州市当局は聞く耳を持たない。最近も北九州市内で法務省所管の用地から長崎街道の遺構が路面や側溝を残して良好な状態ではじめて検出された。建設予定の建物の設計を変更してでも保存を図るべき重要な遺跡でありながら、遺構のごくわずかな一部を切り取って移築するという、お粗末な処置が取られた。このことを取り上げた新聞紙上で、私は「近世の街道や道路はそのまま現在も使われ、調査された例がほとんどない。長崎街道は近世の大動脈で、実物を見ることができるとは夢のような話。行政は率先して保存の努力を尽くしてほしい」というコメントを寄せている（二〇一九年六月一四日付『毎日新聞』北九州版）。ちなみに、三年前の二〇一六（平成二八）年一〇月に、小郡市の干潟京ノ坪遺跡で見つかった薩摩街道野越堤の場合、県道拡幅工事を設計変更の上、

前畑遺跡の消滅前の土塁（2015年12月29日）

保存が図られ、市指定文化財として、今後の活用が企図されている。

小郡市の北側に隣接する筑紫野市では、土地区画整理事業に伴って前畑遺跡が二〇〇八（平成二〇）年から発掘調査されて来た。その結果、二〇一五年一〇月から開始された第一三次調査において、版築工法によって築造された土塁遺構が検出された。土塁遺構は、標高五三・三八メートルの北端部から標高七〇・三三メートルの南端部まで、四八四メートルにわたって確認された。この土塁遺構は、阿部義平氏が一九九一年に想定された大宰府羅城の想定ラインに合致するもので、丘陵地においてはじめて検出されたことになる。そのようなきわめて重要な遺構の発見に対して、市民団体の宝満山研究会と前畑遺跡・筑紫土塁を守る会（清原倫子・小西信二共同代表）が保存運動を強力に展開した。しかしながら、筑紫野市当局は最終的に土塁遺構を保存しなかった。二〇一八年は時あたかも大宰府史跡の発掘調査が始まって五〇年という記念すべき年に当たった。また同年は、文化財保護行政を担当する福岡県教育委員会文化課（現、文化財保護課）が発足して五〇年の年にも当たる。そのようなときに、土塁遺構を保存できなかったことは、福岡県文化財保護行政五〇年の歴史に最大の汚点を残すことになった。ちなみに、同じころ、大野城市の乙金《おとがね》地区でも土地区画整理事業が進行していたが、善一田《ぜんいちだ》古墳群で重要な横穴式石室が発見された。その際、その重要性に鑑みて、設計変更の上、保存が図られた。その後、史跡公園として整備され、活用が図られている。大野城市当局の英断に敬意を表したい気持に駆られるのは、私一人にとどまらないであろう。

このところ、私にとってユネスコの世界文化遺産との係わりが大きなウェイトを占めて来たことにも触れておきたい。その最初は、定年退職を二年後に控えた二〇〇〇（平成一二）年二月に、イコモス（国際記念物遺跡会議）より派遣されて、大韓民国（韓国）がユネスコ世界文化遺産に登録申請していた、「高敞・和順・江華の支石墓群」の評価調査を行ったことに始まる。

その後、同じように、中華人民共和国が申請していた「古代高句麗王国の首都と古墳群」に対して、二〇〇三（平成一五）年八月に遼寧省桓仁市と吉林省集安市を現地調査した。

朝鮮民主主義人民共和国（北朝鮮）は、二〇〇三（平成一五）年に高句麗の古墳群を申請したが、登録延期になっていた。再度の審議に際して、イコモスから私に書類による審査を依頼して来たので、それに応じた。結果的には、翌二〇〇四年六、七月に開かれた世界遺産委員会において、中国・北朝鮮の高句麗関連の遺産が揃って登録された。ちなみに、北朝鮮の高句麗古墳群は四カ所六三基からなるが、そのうちには、壁画古墳一六基が含まれる(1)。

北朝鮮の「開城の歴史的建造物と遺跡」は、二〇一三（平成二五）年に登録されたが、それに先立って二〇〇四年一一月に韓国の文化財庁や、二〇〇五年二月には、日本の明治大学で開催されたイコモス韓国委員会（金理那委員長）主催のシンポジウムに出席した。その際、私は同遺産は世界文化遺産登録に十分に値すると主張した。

さらに、二〇〇九（平成二一）年に登録された韓国の「朝鮮王朝の王陵群」の準備段階で協力を惜しまなかった。すなわち、二〇〇七年八月にイコモス韓国委員会と文化財庁が主催して、ソウルの国立故宮博物館で開催された国際会議において、「日本の王陵の保存と管理」について報告した。

二〇一五（平成二七）年に登録された韓国の「百済歴史地域」についても、登録推進運動が始動した二〇〇七年ごろ、公州大学校で開催された公州・扶余歴史遺跡地区世界文化遺産登録のための国際会議に出席し、登録運動を支援した。

日本国内では、二〇〇七（平成一九）年に登録された「石見銀山遺跡とその文化的景観」の準備段階に当たる二〇〇六年三月末に、文化庁の示唆もあって、島根県教育委員会の依頼を受けて、模擬審査を行った。

大阪府の「百舌鳥《もず》・古市《ふるいち》古墳群」については、去る二〇〇六（平成一八）年一一月に開催された、堺政令指定都市移行記念「二〇〇六 東アジアの巨大古墳シンポジウム」は世界遺産登録を目指したもので、アジア史学会（上田正昭会長）が全面的に協力した。私が司会を担当したパネルディスカッションも、「東アジア史からみた百舌鳥古墳群の世界的意義」をテーマとして行われた(2)。次いで、二〇一〇年七月に、堺市が大阪府立大学を会場として開催した、百舌鳥・古市古墳群世界遺産暫定一覧表掲載記念講演会において、「東アジアから見た百舌鳥・古市古墳群」と題する講演を行った。そこでは、本遺産が価値観の交流あるいは国際交流という評価基準にも適合し、文句なしに世界遺産に登録されるべき人類ならびに世界共通の普遍的な価値を持っていると確信的に述べたところである(3)。

ところで、百舌鳥・古市古墳群は河内もしくはヤマトの王権中枢部の陵墓群であり、日本列島各地には、たとえば吉備・上野・日向などといった地域に大規模な墳墓群が築造されている。そのようないわば中央・地方の巨大古墳をトータルに考える視点が必要である。そういう意味では、日本国として吉備・上野・日向など地方の古墳群を関連遺産群として包括的に考えるべきである。このような視点で宮崎県が二〇一四（平成二六）年から、特別史跡・西都原《さいとばる》古墳群を中核に据えて、シンポジウム「世界文化遺産としての古墳を考える」を継続的に開催している。私も二〇一六年一一月に行われたシンポジウム「古墳が語る古代史の実像―評価の核心と確信―」に参加して、登録推進運動を支援したつもりである。

沖ノ島22号遺跡にて。右奥は中国社会科学院考古研究所の朱岩石副所長、手前右はソウル大学校の任孝宰名誉教授、左は著者（2010年10月２日）

そうした中、世界遺産登録推進運動の当事者の一人として関与したのが、二〇一七（平成二九）年七月に登録された「『神宿る島』宗像・沖ノ島と関連遺産群」である。二〇〇七年三月に、福岡県の世界遺産登録専門家会議座長に就任したのを皮切りに、二〇一三年四月就任の「宗像・沖ノ島と関連遺産群」専門家会議推薦書原案検討委員会委員長、同包括的保存管理計画策定委員会副委員長として、推薦書原案の作成に従事した。二〇一七年七月の登録決定後

海の道むなかた館で行われた「『神宿る島』宗像・沖ノ島と関連遺産群」
世界遺産委員会インターネット中継視聴会
(2017年7月9日、「神宿る島」宗像・沖ノ島と関連遺産群保存活用協議会提供)

は、福岡県の「神宿る島」宗像・沖ノ島と関連遺産群保存活用協議会専門家会議委員長と、宗像市世界遺産保存活用検討委員会委員長を兼務し、本遺産の保存と活用の問題解決に携わっている。

本遺産の保存と活用に関連して若干の課題を提起しておきたい。まず、本遺産に対する調査・研究をさらに深めねばならない。沖ノ島における古代祭祀の最終段階に当たる露天祭祀について、沖ノ島と大島では発掘調査されているが、本土部の田島に対しては遺物が表面採集されるものの未発掘である。これまでの表面採集の情報を踏まえて最小限の発掘調査が望まれる。関連遺産の重要部分を占めるのが、現在の宗像大社であるが、明治の神仏分離までは宗像神社もしくは宗像社・宗像宮として、神宮寺としての鎮国寺と一体のものであった。その点で、鎮国寺に対する調査・研究も深めねばならない。

本資産の保存面では、宗像大社周辺における無電柱化事業が具体化している点は歓迎すべきことである。一方、宗像大社の門前にあったガソリンスタンドは撤退した後に更地になっていたが、現在、貸地の看板が立てられている。その付近には他にも廃屋同様の建物が二棟残っている。これらに対する公有化などによる、世界文化遺産の周辺景観に相応しい環境の創出を図るべきであろう。また、新原・奴山古墳群の中に混在するカントリー・エレベーター撤去、移転などの迅速化も火急の課題である。

そして、保存・活用ならびに調査・研究の拠点としての世界遺産センター（仮称）の早期立案と具体化が喫緊の課題となって来ている。

その他、長崎県松浦市の鷹島沖海底遺跡は、中世の弘安の役の舞台として知られる。永年にわたる水中考古学の調査の結果、その範囲が把握され、元寇沈没船も発見され、そして、多種多量の文物も引き揚げられた。その重要性に鑑みて、文化庁は二〇一二（平成二四）年三月二七日付で海底遺跡としてははじめて「鷹島神崎遺跡」を史跡に指定した。昨二〇一八年六月二日に、現地の鷹島町で開催された松浦党研究連合会第四〇回総会と研究大会において、「元寇と宗像の世界遺産」と題して行った記念講演の中で、約三〇〇人の聴衆を前に私は語りかけた。鷹島の海底遺跡は、「歴史上の重要な段階を物語る建築物、その集合体、科学技術の集合体、あるいは景観を代表する顕著な見本である」という世界遺産評価基準に当てはまる、と。

さらに、福岡市の志賀島で発見された、国宝「漢委奴國王」金印について、NPO法人・志賀島歴史研究会（坂本正孝理事長）の活動に共鳴して、ユネスコが一九九二（平成四）年に始めた「世界の記憶」に適合すると考えた。ちなみに、「世界の記憶」は、人類の歴史にとって重要な文書、記録、音楽、映画などを貴重な記録遺産として登録し、後世に伝え、広く一般の人々に公開することを目的としている。この際、金印そのものに刻まれた五文字の記録と、国宝『翰苑』や『金印弁』などの関連史料が一括して「世界の記憶」に登録されることを祈念してやまないところである。

注

（1）西谷正「世界文化遺産に登録された高句麗の遺跡」『高句麗壁画古墳』二〇〇五、共同通信社
（2）上田正昭・白石太一郎・西谷正ほか『東アジアの巨大古墳』二〇〇八、大和書房
（3）西谷正『北東アジアの中の古墳文化』二〇一七、梓書院

第二章

忘れ得ぬ人々

第一節

小学校から大学生のころ

長尾淑子先生・佐村兼亮先生

桜の花が満開のころに入学した高槻市芥川国民学校の一学年時の担任は、長尾淑子先生という方であった。先生というより、おふくろさんといった感じの母性愛に満ちた、きれいな先生であった。そのとき、私も例外にもれず、初恋を経験したのかもしれない。高学年に進級したころは、社会科がご専門の佐村兼亮先生に担任していただいた。音楽が苦手な私でも、佐村先生が弾かれるグランドピアノの伴奏で、「隅田川」を歌うのは楽しかった。そのころ、放課後に市役所や消防署などに行って、いろんなことを調べる面白さを知ったのは、佐村先生のご指導によるものであった。調べることの面白さは、それ以来、現在まで続くことになった。佐村先生は、滋賀県の大津市から、煤煙に悩まされながら、逢坂山と東山の二つのトンネルをくぐって、当時の国鉄で高槻まで通勤しておられた。夏休みのある日、同級生の奥信膳君とともに佐村先生の大津の自宅に招かれ、二、三日を過ごさせていただいた。その折、往年の東映時代劇の名匠であった、おそらく助監督時代であったと思われる沢島忠監督にバッタリ出会ったことがある。沢島さんは、佐村先生の甥っ子であったのである。その沢島さんも昨二〇一八（平成三〇）年一月二七日に、九一歳で亡くなっている（二〇一八年三月二四日付『朝日新聞』夕刊）。

後藤守一先生

中学生と高校生のころのことは、すでに第一章第一節で言及しているので、ここではとくに取り上げない。ただ、当時、明治大学の教授であられた後藤守一《もりかず》先生お一方だけに触れておきたい。高校一年生の夏休み中の八月下旬に、高槻市奈佐原のとある丘陵上で偶然、前方後円墳の前方部と思われる地表に顔を出していた円筒埴輪、勾玉と鉄刀を採集した。埋葬施設ではないところに露出していた遺物について類例を知らない私は、厚かましくも後藤先生にご質問のお手紙を出したのであった。それに対して、一高校生の私に、後藤先生からご丁重なお返事をいただいた。そのときの感動はいまも忘れられない。それはともかくとして、後藤先生のご教示は、「古墳時代の人々が祭りの場合にいろいろの遺物を地上にならべ、神に捧げ祈ることを行い、それを土中に埋めずにそのまま放置しておいた場合もあるのかも知れない」という内容であった。このことを、大阪府立島上高校地理歴史研究部の機関誌『私達の地理歴史研究』創刊号（一九五七、二〇頁参照）で報告したところ、森浩一先生（当時、大阪府立泉大津高校教諭）の目にとまり、『古代学研究』第一九号（一九五八）に、実測図を新たに付けて簡約文を掲載していただいた。これが、考古学の専門誌で活字になった最初である。そのころ以来、生涯にわたって森浩一先生のご指導を受けることになるのである。

森　浩一先生

森先生が、二〇〇八（平成二〇）年七月一七日に傘寿を迎えられた折、私は『大寿祝賀文集』（二〇〇八、古代学研究会）に、次のような「森浩一先生に思う」という短文を寄せている。

五〇年余り前の、私が島上高校の生徒のころ、大阪府高槻市の天神山遺跡が、押し寄せる開発の波の前で破壊の危険に瀕していた。折からいたすけ古墳の保存運動の先頭に立っておられた泉大津高校の森浩一先生に直訴したところ、早速と足を運んでいただいた。そのときが先生との初対面であったと思い起こされる。

それはともかく、その後こんにちに至るまで、直接・間接にご指導をいただき、大きな影響を受けてきた一人である。先生の数あるご著作の中で、名著の一冊として感銘を受けた書物に、『巨大古墳の世紀』（岩波新書）がある。このタイトルのもと、最盛期の古墳時代史を活写されたのである。その時期は、藤間生大先生の同じく岩波新書の著作名でもある『倭の五王』の時代に当たる。私はお二方の碩学の驥尾に付して、いつの日か『技術革新の世紀』なる著作をものにしたいと夢を見ている。

ともあれ、私は、しばしば先生の学問内容やご講演時の話術などに感銘を受け、いまでは先生の大ファンといった方が適切かもしれないと思っている。

二〇一三（平成二五）年八月六日に、八五歳で亡くなった森先生の八月一〇日付『朝日新聞』の訃報には、私の「学問成果の市民への還元、後進の育成など、私の目標であり、尊敬する大先輩だった。仕事は道半ばだったと思う。残念だ」とのコメントが掲載された。また、同じく『読売新聞』にも、「九州に熱い思いをもっておられ、何度も足を運んでいただいた。私自身も大阪の高校生のとき、先生が主宰された研究会で学ばせていただきました。影響を受けた学者も多く残念」というコメントが載っているが、一方、次のような「森浩一先生の思い出」も寄せている。

森浩一先生（右端）とともに参加した日・中・韓国際シンポジウム。
左から上田正昭・和田萃・安志敏の諸先生、著者
（1989年11月5日、京都にて）

戦後の文化財保護運動にとって、大阪府のいたすけ古墳のそれは重要な位置を占める。その保存運動の先頭に立たれたのが、森浩一先生であったことはよく知られる。私が高校生のとき、自宅近くの天神山遺跡が道路工事で見つかった。そこで、遺跡の保存について森先生に訴えたところ、現地に来て下さって、種々ご指導をいただいた。そのことが契機となって、天神山遺跡は、地元の高校生を中心とした郷土史研究会や立命館大学の大学生有志による発掘調査へと発展して行った。一九五五（昭和三〇）年から一九五七年にかけてのころの出来事である。そのようにして、文化財保存の意識を体得し、現在に至っている。森先生のお陰である。

大学に進学してからは、私の勉強の場は古代学研究会であった。例会や見学会に参加させていただき、森先生をはじめ社会人の大先輩の皆さんから多くのことを学んだ。そのころ森先生のお誘いで、和泉市の聖神社境内で見つかった窯塚という火葬墓のはじめての発掘に参加させていただいた。そのときの経験は、一九六一（昭和三六）年六月に実施された、茨木市の上寺山窯塚の発掘調査の際に活かされることになるわけである。

いま振り返ってみると、私の高校生から大学生にかけてのころ、森先生との出会い、そしてご指導を受けたことが、その後の私の研究人生にとって、大きな意味を持ってくるように思われる。その点で、私は森先生に育てていただいたという思いがつのるのである（二〇一三年一二月二九日）。

（『西四国』第一四号〔森浩一先生追悼号〕二〇一四、西四国考古学研究所）

藤澤一夫先生・原口正三先生・水野正好氏

大学生のころ、大阪府庁にしばしば出入りして、当時は確か社会教育課の文化財係に在籍されて、文化財の調査や保存を担当されていた藤澤一夫・原口正三両先生にずいぶんとお世話になった。また、名神高速道路建設工事に際し発掘調査された土保山古墳出土の漆塗りの長弓を、府庁の地下の一室で丹念に実測されていた水野正好さんには兄貴のような感覚でつきまとって、あまりにも多くのことを学ばせていただいた。この関係は、水野さんが一九六二（昭和三七）年に滋賀県に、そしてその後一九六九年に大阪府にそれぞれ技師として勤務される間まで続いた。藤澤・原口両先生には、一九五八年一〇～一一月に、大阪府南河内郡太子町の松井塚の終末期古墳の発掘に参加させていただき、古墳文化の終焉や近つ飛鳥の歴史について見聞を広めることができた。さらに、藤澤先生のお仕事を手伝っておられた水野さんを助けて、四天王寺出土瓦の整理にも参加でき、飛鳥時代の仏教寺院と屋根瓦・鴟尾《しび》について学ぶところが多大であった。ちょうどそのころ、小林行雄先生の『古墳の話』（一九五九、岩波新書）が出たばかりであったが、藤澤先生はそれを早速買い求められて私に下さった。同書の表紙の裏には、「四天王寺瓦整理に真摯に協力を賜いつ、ある　西谷天神学兄への御土産　昭和三十四年三月二十二日　この書のはじめて店頭に現る、日　藤澤一夫生」としたためられていた。本書は、いまも私の座右の書の一冊である。ちなみに、西谷天神の天神とは、私のニックネームである。高槻市の天神山遺跡の主という意味に加えて、考古学の虫の意味を込めて、誰となく言い出されたものらしい。私自身一人苦笑したことは、奈良大学の酒井龍一教授の川柳にも登場している点である。

九大に天神さんが鎮座する

先に紹介した「瓦仙人」のように、考古学者には「異名」をもつ人も多い。これを分類すると、主に他人がその人に対して使う「他人呼称型」と、主に自分自身に対して使う「自己呼称型」に大別される。「瓦仙人」は前者の例だ。御本人が「瓦仙人」と名乗っておられる事実を、これまでのところ確認してはいない。関係者が、その名字でなく、「瓦仙人」の異名で呼ぶのが通例。ただし、本人を眼前にして、「瓦仙人」と呼ぶ人はほとんどいない。

かかる類例を、高槻市に関係ある有名な考古学者に求めると、「天神さん」がある。この人は若き日に高槻市内のしかるべき弥生集落を発掘し、その後、九州へ活動の拠点を移されて実に久しい。だが、いまだに高槻市におられると錯覚するのは、その異名のせいだ。関西でも未だに「天神さん」が話題にのぼる機会は多い。

（酒井龍一『発掘川柳』一九九七、ジャパン通信情報センター）

ここに見える「瓦仙人」は、いまご紹介した知る人ぞ知る藤澤一夫先生である。

葛原克人氏

そのころの学生仲間では、葛さんこと、立命館大学の葛原克人君のことはいまも忘れられない。同君の追悼集には、次のような短文を寄せた。

いまから三〇年余り前、葛さんは、立命館大学の卒業論文で古墳時代後期の群集墳の問題を取り上げた。その際、私たちが発掘調査した、塚原古墳群など摂津・三島の調査成果を使ってくれた。それらの資料の多くは、当時、高槻に自宅があった私の手元にあった関係で、私のところへしばしば出入りしていた。そしてとうとう、私の家で徹夜して論文を仕上げ、そのまま大学へ提出に出かけた。そのときの研究が出発点となって、その後の古代吉備政権の解明というライフワークにつながってくれていれば四歳年上の私にとっては望外の幸せというものである。

時が流れて、葛さんが岡山県教育委員会に勤務していたころ、同君を訪ねたことがある。久しぶりの再会ということで、その夜は一席を設けてくれた。二次会でスナックに誘ってくれた後、代行運転で総社の自宅に私を連れて行き、泊めてもらうことになった。そして、翌朝（一九七七〔昭和五二〕年九月一二日）には、葛さんの案内で鬼ノ城をはじめて見学することができた。去る二〇〇二（平成一四）年一一月二日、同君が送ってくれた遺著『古代山城・鬼ノ城を歩く』に満載された輝かしい調査成果を見るにつけ、二五年という歳月の経過と、葛さんの鬼ノ城にかけた熱情に改めて思いをいたしたことである。私はいま、一一月発刊予定の『東アジア考古学辞典』（二〇〇七、東京堂出版）における葛さん執筆の「鬼ノ城跡」の初校を終えたところである。これが最後の絶筆になろうとは誰が想像できたであろうか。

葛さんの訃報に接したのは、亡くなってしばらくが経ってからのことであった。享年六三歳という若さで逝った同君の心中を察するに、さぞかし無念であったろうと痛恨の極みである。いつも、「天神さん」とニックネームで親しみを込めて呼んでくれる友人がまた一人去っていった。何とも淋しいことである。

（『葛原克人氏追悼集』刊行会編『葛原《くず》さんを偲ぶ―葛原克人氏追悼集―』二〇〇六、同刊行会）

第二節　大学院生のころ

有光教一先生

大学の卒業論文で、前述のように、「弥生文化成立の主体的条件」を取り上げた私は、大学院では弥生文化成立の外的条件としての朝鮮半島を研究対象とした。そこで、朝鮮半島がご専門の有光教一先生に師事することになったのは当然の成行きであった。

その有光先生が、二〇一一（平成二三）年五月一一日に亡くなられた。その際に私がしたためた文章二編を以下に再録しておく。

有光教一先生を偲んで

考古学者で、高麗美術館研究所長・京都大学名誉教授の有光教一先生が、昨年（二〇一一）五月一一日、ご入所先の大阪府高槻市の介護老人ホーム・ラビアンローズ高槻で逝去された。享年一〇三歳であった。一三日に高槻セレマホールにおいて執り行われるご葬儀は、ごく内輪での家族葬とされていたが、九州から馳せ参じ、永遠のお別れを告げることになった。そこには、樋口隆康先生をはじめとする京都大学考古学研究室や、有光先生が二代目所長を務められた、奈良県立橿原考古学研究所の関係者らのほかに、ソウルから駆けつけられた金理那先生（韓国国立博物館初代館長・金載元博士ご長女）らのお姿もあった。

終戦時に有光先生は朝鮮総督府博物館の主任として、実質上の館長職にあられて、博物館の数万点にのぼる収蔵品はもとより、博物館の管理運営など一切を、韓国に無事に引き継がれる立場におられた。それに対して、金載元博士は、博物館を、日本から接収される側におられた。最初はどうであったか、知る術はないが、引き継ぎ業務が進むにつれて、おそらくお二人の間で信頼関係が生まれ、さらには畏敬の念へと発展していったと推量される。それにはお二人がジェントルマンであったことに加えて、もちろん有光先生の誠実なお人柄と、有光先生の韓国の文化財保存に対する献身的なご尽力が背景となっていたと思われる。お二人の無二の親友関係に係わるエピソードの数々は、私たち考古学関係者の間で語り草となっている。私が、奈良国立文化財研究所に在職当時の一九六八（昭和四三）年に、文部省在外研究員（短期）として、金載元館長の国立博物館考古課において、「韓国における古代都城制形成過程の研究」を行うことができたのも、お二人の先生の人脈につながるものであった。ちなみに、一九六三年の真夏に、私が大阪府高槻市の弁天山古墳群を発掘調

金載元（左）・有光教一両先生（1946年2月、景福宮慈慶殿前にて）
（金載元『景福宮夜話』1991、探求堂より）

査していたころ、有光先生はお嬢さんかとも思われる妙齢な女性を伴って、現場を見学に来られたことがある。すぐわかったが、その女性がソウル大学校の学生であった金理那さんであった。

私が有光先生と最後にお目にかかったのは、確か二〇一〇（平成二二）年ごろに、ご入所先の高槻市の老人ホームにお訪ねしたところ、風邪を召されて、数日間であったろうか、入院中とのことであった。そこで、その足でご入院先の高槻病院の病室に伺ったところ、まさにご退院なさろうとしておられるところであった。そこで、先生のご好物の博多の銘菓・鶏卵素麺を差し出すとともに、いつものように柔やかな笑顔で、博多談義にしばしの時が流れた。そのときのご尊顔は、いまも私の脳裏に焼き付いている。

ところで、私が有光先生のご尊顔にはじめて接したのは、いまから五五年ほど昔にさかのぼる。一九五七（昭和三二）年当時、私はいわゆる浪人生活の一年間、京都市北区にあった大学受験予備校の関西文理学院に通った。その折、私が市電烏丸線の電停から歩いて予備校に向かうとき、北区出雲路俵町のご自宅からのご出勤途上の有光先生をいくたびかお見受けした。そのときはもちろん、よもや生涯の師と仰ぐようになるとは想像もしなかったことであるが、端正で紳士然とされたお姿を拝し、畏敬とも憧憬の念ともいうべき印象を抱いたことを思い出す。

さて私は、一九六二（昭和三七）年に奈良学芸大学を卒業すると、京都大学文学部聴講生として、史学科の考古学研究室の一員となった。そして、一九六四年に大学院文学研究科修士課程に入学し、有光先生から直接ご指導をいただくことになった。

その当時の大学院入学試験の第二次試験に当たる口頭試問は、文学部教授会の席上に一人坐って提出論文を中心に試問を受けた。居並ばれる教授の先生方の中で、主査が有光先生で、副査は岸俊男先生と田村實造先生のお二方であったと記憶する。それはともかく、有光先生は私の手書き論文の中で「壷」という字のまちがいを指摘された。そのときの恥ずかしかった思いはいまも忘れられない。それ以来、自他ともに一字一句をおろそかにしないことにしている。

講義では、確か「考古学序説」を博物館概論の単位認定に流用可能ということで受講したが、そこでは考古学の方法論を改めて本格的に学んだ。そのうち、放射性炭素による年代測定法に関しては、先生が一九五〇（昭和二五）年から二年間、カリフォルニア大学ロサンゼルス校に出講されたときに関心を持たれたテーマの一つで、この分野の日本への紹介として、ごく初期のものであり、当時の考古学界を大いに裨益したことであったろう（「放射性炭素による年代測定に就いて」『古代学』第二巻第一号、一九五三）。ご専門の特別講義である「朝鮮考古学の発達」においては、臨場感が溢れる朝鮮考古学史を踏まえた原始・古代の諸問題に、固唾を呑んで聞き入ったことであった。その際、先生は来日朝鮮人考古学者で、今年（二〇一二）四月一五日に故人となられた和光大学名誉教授の李進熙先生（当時、朝鮮大学校教員）を通じて朝鮮民主主義人民共和国いわゆる北朝鮮の最新の報告書や専門雑誌といった文献を入手しておられ、最新の調査・研究の成果を紹介されたことに、胸のときめきを覚えたことが思い起こされる。そのときの講義ノートは、後に私が九州大学で朝鮮考古学を講じるときのベースになったが、いまも大切に手元に置いている。そして、演習は、当時の樋口隆康助教授と合同で行われたが、院生は後に国立歴史民俗博物館長になられた故・佐原真さんら数人で、実に充実した時を過ごせた。

ところで、私の奈良学芸大学における卒業論文（指導教官・池田源太教授）は、「弥生文化成立の主体的条件」であった。それは、縄文文化の中に弥生文化を受容する主体的もしくは内的条件が醸成されつつあったところへ、朝鮮半島からの外的条件が契機となって弥生文化が成立したとする論旨であった。そのような私の研究の延長線上で、京都大学大学院における修士論文「朝鮮初期金属器文化論」（一九六六）へとつながっていった。このテーマの設定に当たっては、有光先生の「朝鮮の初期鉄器時代文化について」（『東方学』第一〇輯、一九五五）や、「朝鮮初期金属文化に関する新資料の紹介と考察」（『史林』第四八巻第二号、一九六五）の影響があったと思われる。ただ、私の修士論文の反省点としては、やや理屈に走ったきらいがあったように思われる。というのは京大考古学の伝統の一つとして、創設者の濱田耕作先生以来、立論の出発点となる基礎資料に対する徹底した集成と分析（型式分類・編年）が挙げられよう。そのことは、有光先生の学史に残る業績として知られる『朝鮮磨製石剣の研究』（一九五九）や『朝鮮櫛目文土器の研究』（一九六二）においても実践されている。

私は大学院修士課程修了後、奈良国立文化財研究所での三年近くの勤務を経て、九州へ転勤することになるが、その最初の勤務先が福岡県教育委員会の社会教育課から一九六九（昭和四四）年に独立して発足した文化課であった。ちなみに、有光先生は一九四九年一〇月から半年の間、その社会教育課に嘱託として在籍されたことがあり、いわば私は有光先生の福岡県教委の後輩でもあるという誇りとも親しみとも覚える感懐を抱いたことを思い出す。その当時の有光先生のご足跡は一枚の写真に残っている。福岡県糸島市二丈町の一貴山銚子塚古墳は、北部九州における古墳時代前期の前方後円墳の典型例として知られる。この古墳が戦後間もない一九五〇年に発掘されたとき、おそらく調査終了時に竪穴式石室内で記念写真が撮影された。その写真に、有光先生が小林行雄先生と並んで写っている。おそらく福岡県教委の職員として、地元から調査にお世話役としても参加されたのではなかったろうか。ちなみに、その際、一〇面の銅鏡が出土しており、小林先生は、そのうちの鍍金製方格規矩四神鏡・「長宜子孫」銘内行花文鏡と八面の三角縁神獣鏡をもとに、それぞれいわゆる伝世鏡論と同笵鏡論を展開され、戦後の大和政権形成史論に大きな刺激を与えられたことは、あまりにもよく知られるところである。有光先生のもう一枚のお写真は、知る人ぞ知る福岡県春日市の須玖岡本遺跡の発掘調査現場におけるスナップ写真である。有光先生は、一九二五（大正一四）年に旧制福岡高校に入学されたころから考古学に興味を持たれた。京都大学が一九二九（昭和四）年に須玖岡本遺跡で甕棺墓群の発掘調査したとき、有光先生は学生として参加された。甕棺の横に写る学生服姿の先生を見るにつけ、有光先生の往年の生き写しのような、甥に当たり、考古学専攻の佐賀県玄海町の文化財担当の有光宏之さんを思い浮かべるのである。

1950年、一貴山銚子塚古墳発掘調査当時の関係者。前列左より（１人おいて）有光教一・小林行雄・森貞次郎の諸先生（西谷正編『伊都国の研究』2012、学生社より）

その後、一九七三（昭和四八）年

五月に、私は九州大学文学部に転出するが、当時、主任教授の岡崎敬先生は、韓国からの留学生を相ついで受け入れられていた。そのころ助教授であった私は、留学生を関西方面に案内するときは必ず有光先生の出雲路俵町や、ご退官後のお住まいであった大山崎町のご自宅に留学生とともにお邪魔した。そのつど奥様のハルヱ（春枝）様から心暖まるおもてなしをお受けした。物静かで、ご慈愛に満ちた聖母様のような印象は、いまも心にはっきりと焼き付いている。上述のご葬儀の折、ご令嬢のお一人と思われるお方のお姿を拝し、ありし日の奥様のことが思い出された。

いま私は福岡県立の九州歴史資料館にお世話になっているが、なんと当館にハルヱ奥様の書簡が残っていたのである。一般財団法人・西日本文化協会の草野真樹氏（後、九州産業大学）によると、第二次世界大戦末期の一九四五（昭和二〇）年六月一九日、福岡市は米軍による大空襲に見舞われた。そのとき、戦前に福岡県史など自治体史の編纂で大きな業績を残し、福岡県立小倉中学校の初代校長や福岡県立図書館の初代館長などを歴任された伊東尾四郎氏の自宅が全焼し、七月上旬に田川郡添田町に疎開された。それに対して尾四郎氏の四女であり、有光先生の奥様であった、ハルヱ様が朝鮮から「お父様！　お父様！　ようこそ御無事でゐて下さいました。」に始まり、「（中略）お父様は疎開先でも本と取り組むことを考えてゐられて其意気にはほんとうに嬉しくなってしまひますが、でも余り無理をなさらずのん気に遊ぶことも考へて下さいませ。お体を御大事に」に終わる、お見舞状を送られたのであった。一八六九（明治二）年生まれで、当時七六歳という高齢の父の身を外地から案じる、ハルヱ様のお心づかいがほのぼのと伝わってくる内容である。ちなみに、この書簡は、九州歴史資料館が罹災から免れた史料の一部を伊東家から寄贈され所蔵しているが、その中に含まれていたものである。

私の職場が九州に移ってから一度、一九八一（昭和五六）年に佐賀県唐津市の菜畑遺跡で、わが国最古の水田遺構が見つかったとき、有光先生が現場に来られたことがあった。朝鮮の先史時代に直結する遺跡の発掘調査に立ち会われ、並々ならぬ関心を示されたことが印象的であった。そのときもそうであったが、私の拙い論文を差し上げるごとに、ご丁重かつ温情溢れるお礼状をいただき、何度も読み返したことである。ちなみに、菜畑遺跡ご見学時に私がお送りしたスナップ写真などに対する一二月二九日付のお葉書には「菜畑遺跡でのスナップを御恵送いただき恰好の記念となります。尤も自分の頭髪の白きに喫驚しましたが。乍添筆お揃いお健やかに御越年下さい　不一」とある。

発掘中の唐津市・菜畑遺跡を視察される有光教一先生（1981年）

有光先生の学問的な業績と行動の軌跡は、『有光教一著作集』全三巻（一九九〇・一九九二・一九九九、同朋舎）や『朝鮮考古学七十五年』（二〇〇七、昭和堂）にそれぞれ結実しており、改めて紹介するまでもないことである。とくに前者については、私も一九九九（平成一一）年発行の『高麗美術館館報』第四四号に書評を寄せている。ここで、戦前・戦後を通じて、私がもっとも感銘を受ける点に少し触れておきたい。その一つは、終戦に際して、当然のことながら、そそくさと身のまわりを整理し、帰国を急いだ学者群の中で、有光先生は朝鮮駐屯軍政庁文教部顧問として、一〇カ月間にわたって残留された。そして、国立博物館の開館準備や、慶州の古墳の調査を通じて韓国人に発掘技術を引き継ぐことなど、後進の育成に当たられた。このことは、その後の韓国人による朝鮮考古学の発展の基礎を築かれたことにもなるわけである。

また、先生の口から直接、何度となく耳にしたことは、遺跡を発掘して報告書を出さないのは盗掘に等しいというお言葉であった。私ども耳が痛いというか、つねに肝に銘じていたい事柄である。そのことを先生は実践されてきたので、ご発言に重みがあるといえる。去る二〇〇一(平成一三)年四月に、有光先生が一九三二~一九三三年に慶州で発掘調査された古墳の報告書が五月に出版されることを記念して、「有光教一先生研究七十年を祝う会」が京都市内で催されるので出席させていただいたところ、驚いたことになんとこのたびは第Ⅰ集(朝鮮古蹟研究会遺稿Ⅰ)の刊行で、将来も続刊されるということであった。調査報告書は結局、二〇〇二年の第Ⅱ集(公州宋山里二九号墳・高霊主山三九号墳)、二〇〇五年の第Ⅲ集(平壌石巖里二一八号墳・平壌貞柏里二四号墳)へと続けられた。

有光先生が黄泉国に旅立たれて早や一年余りが過ぎた。朝鮮考古学を専攻する後進として、先生を偲んでここに至るとき、学者として、また、人間として、偉大な先学の謦咳に接しられたことを幸せ、かつ、誇りに思うとともに、先生の魂は私の心の中で永遠に生き続けられると思うことひとしきりである。

(『以文』五五、二〇一二、京大以文会)

有光教一先生が遺されたもの㊤　朝鮮考古学に捧げた生涯

「朝鮮考古学の祖」　有光教一先生は、一九三一（昭和六）年に大学を卒業されると、大学院生の身分のまま、二四歳で朝鮮古蹟研究会、また、後に、朝鮮総督府の職員として、終戦後の一九四六年六月に引揚げ帰国されるまでの一五年間にわたって、古蹟調査事業に従事された。その間に有光先生が調査された遺跡は、先史時代の石棺墓から歴史時代の南山仏跡まで、時代・内容ともに多岐にわたる。そのほか、帰国後の研究成果なり業績も加えると厖大なものとなり、「朝鮮考古学の祖」と呼ばれる言葉がぴったりの感がする。

有光先生の朝鮮考古学の調査・研究における業績を、時代を追って振り返ってみたい。解放後の朝鮮考古学界における最大の成果は、一九六〇年代になって明らかになった旧石器文化の存在である。北南それぞれの地域において屈浦里・石壮里で旧石器が見つかったが、有光先生は日本にいち早く紹介されている。その後、旧石器時代の調査・研究は長足かつ飛躍的な進歩を遂げた結果、全国的な分布状況・編年・動物相・化石人類などが明らかになり、アジアで重要な位置を占めるようになった。

朝鮮では新石器時代になってはじめて土器が発明されたが、櫛目文土器という独特の文様で飾られた。土器は、日常生活に密着した生活用具ではあるが、時の流れとともに形や文様が変化する。また、朝鮮各地の自然条件の相違によって地域性が生じる。そのため、土器の分析は、考古学研究にとって、もっとも基本的な作業といえる。有光先生は、櫛目文土器を集成、分析され、地域別にその実態を明らかにされた。櫛目文土器の分析研究は、その後の世代によってますます精緻さを増してきてはいるが、つねに、その原点に位置するのが有光先生の研究成果である。朝鮮の新石器時代の生業活動は、旧石器時代以来の狩猟・漁労・植物採集が中心となっていた。しかし、世界の新石器時代文化に照らすと、農業が問題になる。その点に関して、有光先生は調理具として鞍形磨臼を取り上げ、原始農耕論を展開された。その後、開墾・耕作具としての石製スキ・クワやアワ・キビといった植物遺体などの発見によって、原始農耕に対する評価が変わったといえる。

新石器時代に続く青銅器時代といっても、前半期のころは磨製石器がはるかに優勢である。青銅器が主体を占めるようになるのは、後半期のことである。磨製石器には、イネ・ムギや雑穀類の収穫具としての石包丁、木製スキ・クワのような農耕具製作用の木工具としての柱状・扁平片刃石斧、そして、武器としての石剣・石鏃などがある。有光先生は、そのうちの磨製石剣に対して資料集成と分析を行われ、この分野における研究の嚆矢となっている。

その後の調査で資料が飛躍的に増大したり、土器・住居・墳墓との関係が精緻化したとはいえ、磨製石剣そのものの実態は、有光先生の分析研究と大きくは変わらない。磨製石剣は、石鏃とともに支石墓から出土することが多い。江原道春川の泉田里支石墓群出土の磨製石器と無文土器にいち早く着目し、資料調査のうえ、学界に広く紹介された。同じように北部地方の平安北道（現在の慈江道）江界や黄海北道鳳山の箱式石棺墓を調査されるなど、青銅器時代の墓制の解明にも貢献された。

さきに、青銅器時代の後半期に青銅器が中心となるとしたが、解放後、この分野の新資料の続出や研究の深化をもたらすことになる。有光先生は、慶尚南道金海の支石墓における磨製石剣・石鏃と銅鏃の共伴、忠清南道扶余の石棺墓での細形銅剣と多鈕細文鏡の伴出、そして、全羅南道霊巌発見の各種鋳型などを紹介され、学界に大きな刺激とその後の研究に少なからぬ影響を与えられた。

江原道春川市の泉田里支石墓群（2010年８月22日）

学者としての良心貫く　青銅器時代と、やがて訪れる三国時代との間に、古代国家形成期の過渡的段階があり、原三国時代が設定される。すなわち、朝鮮半島北西部に古朝鮮と、北西部を中心に楽浪、そして、南部に馬韓・弁韓・辰韓の三韓の小国群が成立していた。有光先生は、そのうち楽浪の古墳を一九四二（昭和一七）年に二基発掘され、何と六〇年後の二〇〇三（平成一五）年に調査報告書を刊行されたが、学者としての良心あるいは姿勢に感服する思いがする。また、弁韓の一二国のうち狗邪国の中心集落と位置づけられる鳳凰台遺跡の一角には、一九二〇（大正九）年に発掘された金海貝塚があり、三韓の標準遺跡として知られる。

有光先生は、その出土品を詳細に分析され、上限が青銅器時代にさかのぼる一方、下限は三国時代新羅まで含むことを明らかにされた。もちろん、主体をなす原三国時代では、鉄刀子の多量出土や貨泉の検出など、注目すべき様相が少なからず認められた。

最近は、南岸地域に分布する貝塚だけでなく、三韓それぞれの故地において、住居・集落、墳墓、土器窯さらには水田などの遺構やそこからの遺物などが相ついで発見された結果、「魏志韓伝」の世界が考古学的に検証できるようになってきている。

（二〇一三年三月二五日付『朝鮮新報』）

有光教一先生が遺されたもの㊦　原始・古代朝鮮の日本への影響

七五年ぶりの研究成果

三韓は、早ければ三世紀中ごろ以後、百済・加耶・新羅の古代国家の成立へと向かった。それに先立ち、北部では高句麗がいち早く紀元前一世紀はじめごろに国家形成をなし、紀元後の三一三年には楽浪郡を滅ぼすまでに発展し、いわゆる三国と加耶の時代が展開した。有光先生はまず、一九三六（昭和一一）年に平壌北東郊外で二基の高句麗壁画古墳の発掘に参加されている。その一つの高山洞一号墳には四神図が描かれていた。この古墳に対して、一昨年（二〇一一）、七五年ぶりに日朝共同で再調査が実施された。壁画の保存状況は予想以上に良好で、赤外線写真撮影など貴重な記録が残された。

次に百済に関しては、有光先生は中期と後期の都があった忠清南道の公州と扶余で、それぞれ宋山里の古墳と窺岩面の寺院跡の発掘を手がけられた。後者の際に出土した文様塼は、現在も国立扶余博物館の展示品の目玉の一つとなっている。ところで、百済南部の栄山江流域は、大型甕棺墓という特色がある墓制が見られる。有光先生は一九三九（昭和一四）年に羅州において大型甕棺を主体とする新村里六号墳などを発掘されたが、その契機は地形が前方後円墳の外貌を髣髴とさせ、前方後円墳に類似すると見なされた点にある。結果的には、前方後円墳に似たものとされながらも、断定は避けられた。とはいえ、一九八〇年以来現在まで、とくにその被葬者をめぐって議論が絶えない前方後円墳の問題の先駆けとなった。

新羅古墳の発掘は、有光先生が一九三一（昭和六）年に朝鮮に渡られて最初の仕事であった。李朝時代の邑城の南側に広がる邑南古墳群の四基を発掘されたほか、解放後も残留を命じられて一九四六年に朝鮮人によるはじめての発掘を支援された。その際、偶然にも「乙卯年（四一五）国岡上広開土地好太王壺杆」という文字を刻んだ銅合子が出土したことから、路西里一四〇号墳は壺杆塚と命名された。この銘文から、五世紀はじめごろの高句麗と新羅の密接な交流を物語る貴重なものとなっている。

解放前には、加耶の遺跡が「任那日本府」説とも絡んで、他の三国の遺跡のような独自の展開を見なかったことは否めない。そうした学界を取り巻く状況下で、有光先生も大加耶国の故地に当たる慶尚北道高霊における主山の古墳群の一基を一九三九（昭和一四）年に発掘された。このときの報告書が六三年ぶりに二〇〇二（平成一四）年に刊行されたことは驚嘆に値するが、それ以上の展開は見なかった。その点で、戦後の加耶に対する調査・研究は飛躍的に増大した。加耶は、ヤマト王権にとって、鉄の供給源であり、また、外交の拠点となる地域であって、きわめて重要な位置にあった。最近、金官加耶国の故地に当たる官洞里において、古金海湾の海辺に立地する道路・倉庫群そして桟橋を備えた船着場からなる遺跡が調査された。加耶と倭の対外交流にとって、特筆すべき遺跡として注目される。

人身獣首の一二支像にも　加耶諸国は、金官加耶国が五三二年に新羅に投降したことをきっかけに滅亡への道を歩むが、五六二年の大加耶国の滅亡をもって終止符が打たれた。新羅はその勢いに乗って、また、唐と連合して、百済についで高句麗を滅ぼし、七世紀後半にいったん朝鮮半島を統一するが、やがて八世紀はじめに北方で渤海が誕生し、新羅と渤海の併存を迎える。有光先生は、そのころ新羅王京に築かれた慶州市忠孝洞の横穴式石室墳一〇基を発掘された。三国時代の新羅では、六世紀前半に高句麗から仏教が伝来して以後、それまでの積石木槨墳に替って横穴式石室が出現し、後期新羅へと続いた。その横穴式石室の変遷を考えるとき、忠孝洞古墳群がもっとも基準となるのである。また、当時の王陵には、しばしば円墳の裾まわりの外護列石に一二支像が彫刻されている。その一二支像や王陵に対して先駆的な業績を残された。奈良県のキトラ古墳は、八世紀はじめごろの壁画古墳として知られるが、その中に描かれた牛や寅の頭部と、胴体は人という人身獣首の一二支像を見るにつけ、後期新羅との交流に思いをいたすのである。

新羅王京の南山には、王都の南の守りとしての南山城が築かれた。一方、南山の深山幽谷には数多くの石仏・石塔などが造営され、さながら新羅仏教の一大霊場の観を示す。この南山仏跡に対し、昭和に入って本格的な調査が行われたが、有光先生も慶州滞在時に参加されている。現在のように大切に保存され、学習や研究に多くの人びとに活用されるとき、往年の基礎作業の成果が大いに役立っているのである。

最後に、有光先生は青年期に朝鮮をフィールドとして考古学的調査に従事されたが、帰国後も終生、朝鮮考古学の道一筋の生涯を過ごされた。とはいえ、つねに日本考古学への関心を持ち続けられた。そのことは、奈良県で一九七二年に高松塚古墳が発見されたとき、高句麗古墳壁画の学識から四神図に対して積極的な発言をされたことに象徴的に現れている。原始・古代の先進地であった朝鮮が日本に与えた影響の大きさに鑑みて、そのように、有光先生の日本考古学への貢献も忘れてはならない。

(二〇一三年四月三日付『朝鮮新報』)

樋口隆康先生

京都大学の助教授であられた樋口隆康先生からは、中国考古学とくに殷周青銅器の講義を受けたほか、広く東アジア考古学の諸問題に関して、ご指導いただいた。先生は一九九七（平成九）年に第八回福岡アジア文化賞の学術研究賞・国内部門を受賞された。その際、私は贈賞理由を草したので以下に記すが、同年の他の受賞者には韓国の名映画監督・林権澤氏らが名を連ねられている。

第８回福岡アジア文化賞受賞記念講演会での樋口隆康先生
（1997年９月26日、福岡市・アクロス福岡にて）

樋口隆康氏は、シルクロード・中国・古代日中交流史などの考古学的研究において、現代日本を代表する数少ない国際派考古学者の一人である。同氏は、幅広く、常に先進的・行動的な数多くの調査と優れた研究業績によって、国際的にも高い評価を受けている。

樋口氏は、学生時代から日本列島の古墳文化の調査や研究に従事する一方で、中国大陸や中央アジアの考古学へと関心を広げていった。中国考古学の分野では、古銅器や古鏡の研究に情熱を傾注し、多くの先駆的で独創的な研究を残してきた。またシルクロード研究のため、インドから中央アジア・西アジアまで、たびたび現地調査に参加し、特に、一九七〇（昭和四五）年以後は京都大学中央アジア学術調査隊長として、パキスタンのガンダーラ地方やアフガニスタンのバーミヤンの仏教遺跡調査を実施して、数々の重要な学術成果をもたらした。そして現在もなお、シルクロード学研究センターの初代所長として、シリアの古代交易都市パルミラの発掘調査の陣頭指揮を執っている。

さらに、日本と中国の古代交流史についても造詣の深さを示し、稲作・銅鏡・馬具・仏教などの諸分野における的確な問題提起を続けてきた。最近では三角縁神獣鏡を邪馬台国の女王卑弥呼に魏王朝から下賜された鏡とする「魏鏡説」、ひいては「邪馬台国近畿説」を主張している。このような樋口氏の調査・研究の業績は実に多岐にわたるが、一貫してフィールドワークと考古学的事実を重視しながら、常に自由な発想に基づいた斬新かつ独創的な所説を提示し、国際会議等を通じてアジア諸地域の考古学・古代史学界に少なからず影響を与えてきた。

樋口氏はまた、奈良県立橿原考古学研究所所長や京都府埋蔵文化財調査研究センター理事長として日本考古学の調査・研究と文化財保護に携わる一方、カンボジアのアンコール遺跡の修復やアフガニスタンの仏教遺跡を戦禍から守る運動など、世界的な文化遺産の保全にも積極的な支援を惜しまない。

このように、樋口隆康氏の、シルクロードや中国の考古学研究の深化はもとより、古代日中交流史の解明にも先導的な役割を果たしてきた功績は多大であり、まさしく「福岡アジア文化賞――学術研究賞・国内部門」にふさわしいものといえる。

井上秀雄先生

大学院生のころ、直接的に考古学のご指導を受けた有光教一教授・樋口隆康助教授・小林行雄講師・小野山節助手のほか、京都大学学内外の多くの先生方からご指導をいただいた。そのうち特記したいのは、朝鮮古代史の井上秀雄先生（当時、大阪工業大学教授。後、東北大学教授）と、日本古代史の上田正昭先生（当時、京都大学教養部助教授。後、教授・大阪女子大学学長）のお二方である。

まず、井上先生は朝鮮史研究会関西部会を主宰しておられた。そこで、井上先生のお勤め先の大阪工業大学や、京都府向日《むこう》市にあったご自宅での研究会に参加させていただくことで、朝鮮古代史の勉強を深めることができた。古代史の勉強は、朝鮮史研究会や朝鮮学会（一八一頁参照）を拠点に展開した。前者に関しては、一九六七（昭和四二）年一一月に立命館大学で開催された第五回大会「日朝関係の史的再検討」における個別報告「日朝青銅器の関係史的考察」[1]に始まり、一九八一年六月発刊の『新朝鮮史入門』（龍渓書舎）への執筆「考古学からみた原始・古代社会」などとして結実していったように思う。

一方そのころ、立命館大学を会場として開催されていた日本史研究会の古代史部会に参加したことも、日本古代史の勉強にとって裨益するところが多大であった。折りから、門脇禎二先生の大化改新論に関する議論が沸騰していた時期に当たり、研究会で興奮を覚えることも少なくなかった。その当時の先輩・学友には、原秀三郎・佐藤宗諄・野田嶺志といった新進気鋭の姿があった。

上田正昭先生

私にとって、日本古代史の師匠筋に当たる先生は、何といっても上田正昭先生である。上田先生については、第一章でも少し触れているが、先生の生誕九〇年を記念した展覧会「上田正昭と高麗美術館」に合わせて、二〇一七（平成二九）年四月三〇日にハートピア京都で開催された、シンポジウム「上田正昭とアジア―民際を受け継ぐ―」(2)における私の発言を、以下に再録しておきたい。

現在開催中の高麗美術館における「上田正昭と高麗美術館」という特別展を拝見し、これまでの上田正昭先生のご業績に触れて、改めて先生の偉大さを感じたところですが、今日は生誕九〇周年記念ということでシンポジウムにお招きいただきました。鄭喜斗学芸部長から上田先生との関係を、何でもいいから話して欲しいと言われたのですが、先生には研究者として、やはり研究面でずいぶんとお世話になりましたので、その辺りを中心にお話してみたいと思います。

上田先生との出会い　私がはじめて上田先生にお目にかかったのは六〇年ほど前のことだと思います。私が一七歳（一九五六年）のころのことでした。高校三年生の、確か冬休みではなかったかと思います。生まれ育った大阪府の高槻市に弁天山古墳群がありまして、その測量に上田先生がジャンパー姿で現場に来ておられました。鴨沂高校の先生をなさっておられたころのことです。

その前年に、旧三島郡、現在の高槻・茨木・吹田市辺りの高校の先生方が歴史クラブの生徒と一緒になって、郷土史研究にずいぶんと熱心に取り組んでおられました。その関係で私も高校二年生の時には、高槻市の天神山という弥生時代の集落遺跡の発掘にも参加しましたが、その流れというか、三島地方の高校の先生方や生徒たちも研究の継続として、その翌年に弁天山古墳群の測量に参加したわけです。その当時、藤澤長治という先生が指導者で、立命館大学の考古学研究部の方々、その筆頭が田辺昭三さんでしたが、そういう方々が測量されていました。

今は時効なので言っても良いのではないかと思うことがあります。私は奈良学芸大学（現・奈良教育大学）に進学したのですが、当時の教授から、こんど教官として上田先生をお招きすることになったと伺いました。ところが、それは実現せず、上田先生は京都大学の教養部の助教授に就任されました。奈良学芸大学としては非常に残念がっておられたことを今でもはっきりと覚えています。もし上田先生が奈良学芸大学の教官として着任されておれば、私は先生の学生ということで直接、ご指導いただいていたかなと思い出したりします。その七年後に、私は京都大学の大学院に進学しまして、上田先生の講義を受講させていただきました。当時、小林行雄先生が、考古学の学生も、文献史学の日本古代史を勉強しておかないと古墳時代史は語れないと常々おっしゃっておられましたので、同級生の都出比呂志（現・大阪大学名誉教授）さんと一緒に机を並べて受講したことを思い出しています。

私が京都大学の大学院に進学したのは、上田先生が教養部に行かれて二年後のことです。そのころ、先生は『帰化人』（一九六五、中公新書）という名著を発刊しておられます。そのサブタイトルが「古代国家の成立を考える」ということですので、その時の授業の内容は、おそらく日本古代国家形成史ではなかったかと思います。その後、様々な形で先生のご指導いただくことになるわけですが、この機会にと思って、急遽、研究面での係わりに関することを整理してみました。私は大きく五つの場面で先生の薫陶を受けました。

各地でのシンポジウムにご推薦いただいて　まず一つはシンポジウムなどに参加の機会を与えていただき、議論を通して、あまりにも多くのことを学ぶことができました。たとえば一九八九（平成元）年に群馬県の高崎市で開催されたシンポジウムは、観音塚考古資料館の開館記念ということで「古代東国と東アジア」というテーマでした。上田先生ご自身はもちろん参加されましたが、考古学側からの出席者がぜひ必要というわけで、大塚初重先生や白石太一郎先生とご一緒に、私にも声をかけて下さいました。

高崎市には全国にもよく知られた古墳が二つあります。名前も似ていて綿貫観音山古墳と八幡観音塚古墳です。観音塚考古資料館開館記念シンポジウムでしたが、観音山古墳の方が対外交流に関しては顕著な遺物が二つ出ています。その一つは銅製の瓶です。これと同じ形式のものは東京国立博物館の法隆寺宝物館にいくつか並んでいます。大きさは違いますが、全く同形式のものが中国・山西省の庫狄廻洛《こてきかいらく》墓という、墳墓から出土しています。年代的には六世紀ですが、北斉の時代の墳墓から出ている銅瓶と同型式のものが日本の古墳から出土しまして、大変注目されました。現在でも、日本の古墳では唯一の出土品です。大塚先生ご自身が発掘担当者でしたし、このシンポジウムのために、中国・山西省の考古研究所から王克林先生がお見えになっています。

それと同時に獣帯鏡という銅鏡が出土しました。それを見ると、同笵ではないと思われますが、同型鏡といいましょうか、同じアトリエで作られたと思われるような獣帯鏡が、有名な百済中期の武寧王陵から発見されています。大塚先生は、わざわざ写真を持って韓国まで行かれ、武寧王陵出土鏡との比較をされたそうです。

観音山古墳から発見された銅瓶のルーツは遠く中国北部の北斉、そして、鏡は朝鮮半島の百済という、そういう点がラインで結ばれます。つまり、北斉と百済、百済と倭という交流の中で、その両方が東国で発見されたということです。その際に、庫狄廻洛墓を発見、発掘された王克林先生から直接生々しいお話を伺ったことを鮮明に覚えています。東国と東アジアという点が線で結ばれるような、そういうシンポジウムで、私にはとても刺激的かつ印象的でした。

その年、一九八九（平成元）年には、いちいち細かくお話する時間はとてもありませんが、上田先生のご推薦で、姫路市市制一〇〇周年記念シンポジウム「播磨国風土記と古代の文化」、京都府京都文化博物館開館一周年記念特別展シンポジウム「海を渡って来た人と文化－古代日本と東アジア－」、京都新聞社創刊一一〇年記念国際シンポジウム「古代日本の再発見」に、相次いで上田先生とご一緒させていただきました。京都文化博物館のシンポジウムでは井上満郎さんもご一緒だったと思います。なお、京都新聞社のシンポジウムには、中国の安志敏先生、韓国の金元龍先生もご参加されました。

上田正昭先生
（1991年３月、京都大学退官記念祝賀会にて）

アジア史学会の設立に参加　二つ目はアジア史学会への参加です。一九九〇（平成二）年に朝日新聞社主催の「日韓古代史の謎」というシンポジウムがありました。韓国から金元龍先生、李基白先生、韓炳三先生が参加されましたが、上田先生だけではなく、韓国の金先生、李先生も早く鬼籍に入られたことを思うと、何とも感慨深いものがあります。

実は、この年に上田先生が音頭を取られてアジア史学会が設立されています。東京の読売ホールで設立総会が行われました。会長に江上波夫先生、評議員に上田先生をはじめとして数人の方々がおられましたが、上田先生は、評議員の筆頭として、会長代行に就任されていたように覚えています。私は監事という形で参加させていただきました。事務局長が井上満郎さん、次長が熊倉浩靖さんでした。アジア史学会は、先生が一九六〇年代から、日本古代史・日本史をアジアの視野、アジアの中で考えていく必要性を強く主張されて来ました。そのためにはアジア諸国の研究者と共同して交流を深め、あるいは共通認識を高めて、連帯し、こぞってアジアの歴史を解明していこうと、常々おっしゃっていたことが結実したように思います。そして、アジア史研究の第一人者であり、先生にとっても先達であった江上波夫先生を会長に立ててアジア史学会を設立されたのでした。

一九九一（平成三）年五月には、中国・吉林省の長春で第二回の大会が行われました。中国、北朝鮮、韓国、日本、そういった諸国の第一線の先生方がお集まりになって、交流と研究が加速しました。

二〇〇九（平成二一）年に大東文化大学で行われた第一七回大会が最後になりましたが、一七回にわたる研究交流を通じて、実が上がったといいましょうか、学術交流が大きく進展しました。そして共通認識を基盤に、連帯していこうという方向性が出たのではないかと思っています。

上田先生は、一九九六（平成八）年の第六回北京大会の時に会長に就任されています。その六年後に江上波夫先生がご逝去されていますけれども、そのようにしてアジア史学会が果たして来た役割は非常に大きなものがあったと考えています。

上田先生編纂の論集等に執筆の機会を与えていただく

三つ目の話題としては、上田先生に論文とか、あるいは啓発的な書物などの執筆をご推薦いただき、そのための研究の機会を与えていただいたことも、私にとってはその後の研究の展開に大きな役割を果たしています。

ご紹介させていただきたい論集の最初は一九九一（平成三）年の論文で、「朝鮮三国時代の土器の文字」と題するものです。これは、先生の京都大学退官記念の論文集『古代の日本と東アジア』（小学館）に書かせていただきました。続く一九九七年の「象嵌技術の系譜」という論文は先生の古希記念の論文集『古代の日本と渡来の文化』（学生社）に執筆させていただいたものです。

さらに二〇〇三（平成一五）年には、古代学協会の角田文衞先生とご一緒に編纂されたものですが、『古代王権の誕生Ⅰ　東アジア編』（角川書店）の中に二本の論文を書かせていただきました。世界における古代王権の誕生という、非常にスケールの大きい編纂事業が行われた中の東アジア編のところで、朝鮮半島における王権の特質の問題を書かせていただきました。おそらく前にも後にもこういうテーマの論文はあまり見ないと思いますが、そのように非常に多くの勉強の機会を与えていただきました。

それから、編集関係では、上田先生が監修・編集もなさった『日本古代史大辞典』（大和書房）という、旧石器時代から鎌倉時代の成立までを扱った大部な一冊の辞典にも編集委員の一人として、井上満郎さんと共に参加させていただきました。

私の専門は考古学ですが、古代史の大辞典とはいえ、考古学、それから朝鮮半島との関係、さらには上田先生から北海道や沖縄についても項目の選定にあたっては気を配るようにとのご指示の出た幅のあるものでした。

そういった形で、いろいろな機会に執筆の機会を与えて下さり、私の勉強にとって非常に大きなきっかけを作っていただいたと感謝しています。

朝鮮民主主義人民共和国への学術文化交流団の一員として　四番目の話題として一九八六（昭和六一）年の四月に朝鮮民主主義人民共和国（北朝鮮）へ日本学術文化交流団が戦後はじめて出ましたが、その一員に加えていただきました。その時、上田先生は江上波夫団長の下で副団長を務められました。団員は、考古学の森浩一先生・網干善教先生、歴史学の佐伯有清先生、朝鮮考古学の永島暉臣慎《きみちか》先生、作家の黒岩重吾先生と江上先生の私設秘書で実業家の広瀬一隆さんに私でした。

戦後初の朝鮮民主主義人民共和国への日本の学術交流団ということは、アジアの歴史研究にとっても画期的なことでした。私は、こういう関係を継承していくことが肝要だと思っています。私は、日本考古学協会の会長職にあった折に、日本考古学協会は民間の学術団体ですので、そういう交流を今後やってほしいということを退任の挨拶文の中でも触れました。

私自身は、その後も度々、朝鮮民主主義人民共和国に研究交流に伺っています。二〇一六（平成二八）年の私の訪朝は一九八六（昭和六一）年の最初の学術文化交流団の訪朝から三〇周年目という意味を込めてピョンヤンへ行きました。私のピョンヤン訪問は八回目になりましたが、その方向性もしくは必要性を痛感したのが、まさに最初の学術文化交流団に加えていただいたときのことです。二〇一六年訪朝の折も、いわば井戸を掘られた江上波夫先生と共に上田先生のお陰で、非常にスムーズに研究交流が進みました。

一九八六（昭和六一）年当時の社会科学院の先生方の末席におられたのが曺喜勝という先生でした。その後、この方は歴史研究所長になられましたけれども、二〇一六（平成二八）年訪朝時は、任期が来たので引退されたと聞かされました。そこで、「今はどうしていらっしゃるんですか」と聞きましたら、朝鮮歴史学会の会長になっておられました。里帰り問題とか日本人遺骨の発掘収集などで、この方は受け入れ側の責任者をやっておられる関係で、先般も、日本にシンポジウムで来られるところを日本政府が入国を拒否したという、そういう方です。残念なことでしたが、最初の学術交流の時の社会科学院の先生方の末席の方が、今や朝鮮の歴史学界最高の指導者となっておられるのです。一九八六年当時の歴史研究所長は孫永鍾という先生でしたが、その息子さんが孫秀浩という方で、今、考古研究所長をなさっています。このように、直接に朝鮮側の指導的研究者との交流が続いています。それは、

北朝鮮の朴成哲副主席（前列中央）が日本学術文化交流団と会見。
朴副主席から左へ江上波夫先生、張澈文化芸術部副部長、
前列右から黒岩重吾・上田正昭・森浩一の諸先生
（ピョンヤン・万寿台議事堂にて、1986年4月22日付『労働新聞』より）

三〇年以上前の江上団長と上田副団長の代表団の恩恵をこうむっているのだと思っています。

福岡アジア文化賞学術研究賞国内部門のご受賞　最後に五番目の話題として取り上げたいと思いますのは、上田先生は、一九九八（平成一〇）年に福岡アジア文化賞を受賞されています。この賞は、福岡市が、アジアのノーベル賞を目指して創設した文化賞でして、第一回には、黒澤明さんとか、イギリスのニーダム先生らが受賞されています。私は、最初の五年間は選考委員長で、その後は選考委員を続けていますが、第九回の折、上田先生に福岡アジア文化賞学術研究賞の国内部門を受賞していただきました。その際、私は選考委員の一人として、賞をお贈りする理由を書きました。言ってみれば、これは、長年にわたって先生にお世話になったご恩返しの一つになったのではないかと、私一人密かに納得しているところです。

そういう長い歩みの中で、私は、上田先生によって育てていただき、そして、現在があるとつくづく感じる今日このごろです。

（高麗美術館編『共生と民際の歴史学—上田史学を継承する—』二〇一九、雄山閣）

なお、参考までに贈賞理由を付載しておきたい。

上田正昭氏は、日本古代史を東アジア世界の歴史の動向と連動させて解明した、日本を代表する数少ない歴史学者の一人である。同氏は、日本古代の歴史と文化を幅広い視野で多面的に研究し、また、アジアの中の日本という新たな歴史像を構築するなど、国際的にも高い評価を得ている。

上田氏は、いち早く学生時代に折口信夫氏や三品彰英氏に師事して日本の古代文化の研究に目覚めた。それ以来、一貫して日本古代史の研究に携わってきたが、同氏の学問に対する基本的な態度は、徹底した文献史料批判に基づく実証主義である。その一方で、国文学・神話学・民俗学・宗教史学・考古学など、多方面にわたる深奥な学識を駆使して、古代日本の史脈を学際的に解明し、独自の学風を形成してきた。

上田氏の研究は、一九六〇年代に入り、日本における古代国家の形成過程を東アジアの視角で解明するという新たな展開を見せた。たとえば、同氏の著作『日本の神話を考える』で見られるように、中国大陸や朝鮮半島の神話との比較や歴史学・民俗学・考古学との学際的研究を通じて日本神話を追究するなど、中国や朝鮮からの渡来文化の影響や実態、あるいは、アジア・太平洋につながる海上の道の重要性に注目し、数多くの研究業績を上げた。さらに、アジアの中の日本という新しい地域史の構築を目指している。

その間、東アジア古代史に関する国内外での国際学術シンポジウムに、たびたび出席するなど、学術交流の進展に大きく貢献してきた。このような学問研究の姿勢から、アジア諸地域の文献史学と考古学の専門学者による結集を推進することになった。この分野でははじめての国際学会であるアジア史学会の設立にあたっては中心となって奔走し、一九九〇（平成二）年に創設した。一九九六年の第六回北京大会において会長に就任したが、その前後を通して、東アジアにおける研究者の連帯によって、相互の歴史認識を深め、さらなる歴史研究の展開に向けて尽力している。

一方、現在では高麗美術館や姫路文学館の館長、ならびに、世界人権問題研究センター理事長などの要職を兼務しながら、学界のみならず社会的諸活動の面でも大きな影響力をもっている。

このような上田正昭氏の、東アジアの中の日本古代史の解明はもとより、東アジアの学術交流や現代日本の社会連携に果たした功績は顕著であり、まさしく「福岡アジア文化賞――学術研究賞・国内部門」にふさわしいものといえる。

上田先生は、二〇一六（平成二八）年三月一三日に、享年八八歳の生涯を閉じられた。その前日の一二日に、三〇年近く講師を務められた、地元の京都府亀岡市の市民大学・生涯学習の催しで壇上に立っておられたそうである。五月三一日には、その生涯学習施設において、約九〇〇人が参列して偲ぶ会が催された。翌日の『産経新聞』には、小畑三秋記者が次のように報じた。

「日本の文化は、中国大陸や朝鮮半島との交流があってこそ――と（上田先生が）提唱したのは五〇年以上前。日本の歴史は日本人だけで形成されたというのが当時の通説だった。『いち早く、東アジアの広い視点で考えておられた』と話すのは長年親交のあった西谷正・九州大学名誉教授（七七）。福岡から駆けつけて花を手向けた」

韓　炳三氏

大学院在学中に、戦後はじめて韓国からの留学生が来られたことは、私のその後の研究の展開にとって大きな意味を持って来る。その人の名は、韓炳三さんである。その韓さんは、二〇〇一（平成一三）年三月四日に六七歳という若さで亡くなられたが、その際、私は二編の追悼文（「韓炳三氏を偲ぶ」『アジア史学会ニュース』第二六号、二〇〇一。「韓炳三氏を偲んで」『虚空に出す手紙』二〇一一、通川文化社）を草しているので、まとめてここに収録しておく。

私が韓炳三氏とはじめてお会いしたのは、一九六六（昭和四一）年の春のことであった。確かアメリカの財団の奨学金で京都大学文学部の考古学研究室に留学して来られたときのことである。その当時、韓炳三氏が所属しておられた大韓民国の国立博物館の館長が金載元博士であり、金博士と親交が深かった有光教一先生が京都大学の主任教授であった関係によるものであった。

そのころ、金博士は韓国の考古学・美術史学の確立、そして博物館の充実化を目標に努力しておられたときであった。そのためにはやはり人材の育成が何よりも重要課題であったと思われ、次世代を荷う若手研究者を世界各国に送り込んでおられた。韓炳三氏もそうした将来を嘱望された研究者の中の一人であった。実際にその後、韓炳三氏は期待どおり、韓国考古学会長、国立慶州博物館長や国立中央博物館長など数多くの要職を歴任されるようになることは周知のとおりである。

ところで、韓炳三氏が京都大学留学のころ、私は大学院生として、同じ研究室で有光先生の指導を受けながら、朝鮮半島や日本列島の考古学を学んだことや、韓炳三氏は私より五歳上という年齢などから、私にとっては兄貴分のような間柄であった。

それ以来、永年にわたってお付き合いをいただくことになるのである。京都大学時代の最大の思い出は、私が韓炳三氏をご案内して九州旅行に出かけたことである。韓炳三氏の専攻が主として青銅器

糸島市・志登支石墓にて韓炳三氏（左から２人目）とともに
（韓氏の右に下條信行・春成秀爾両氏、左端は著者）

文化であったことから、弥生時代の遺跡を中心に見学旅行を続けた。

京都から当時の国鉄（ＪＲ）の急行列車に乗り、博多駅まで行き、福岡で当時九州大学の大学院生であった下條信行、春成秀爾両氏と合流し、糸島地方の志登支石墓群を見学した。数日にわたる九州旅行中、私は韓炳三氏と寝食を共にしながら、いろんな話を伺った。

最近の韓国の国立博物館の調査事業として、全国各地の支石墓や、海岸地域の貝塚を計画的、系統的に発掘し、大きな成果を上げているという話題に固唾を呑んで聞き入ったという記憶が生々しい。また、一九三三（昭和八）年生まれの韓炳三氏は、旧制の平壌中学校の出身であったが、朝鮮戦争の折の釜山までの逃避行の苦労話、兄上との生き別れ、そして戦争の悲惨さ等々、個人的な話なども交わした記憶が思い起こされる。

その後、大学院修士課程を終えた私は、奈良国立文化財研究所に就職し、平城宮跡発掘調査部に在籍することになった。その間、一九六八（昭和四三）年には、三カ月間、文部省在外研究員として韓国に短期留学することになった。その時、私を受け入れて下さった機関は国立博物館考古課で、そこで「韓国における古代都城制形成過程の研究」を行うことになった。韓炳三氏と一年も経たないうちに再会できたのは幸運であった。滞在期間中、韓国到着時には金浦空港まで出迎えて下さり、そして、帰国する時にはまた空港までお見送り下さるなど、公私両面にわたって種々神経を使って下さった。とくに、忠清南道の海美遺跡や釜山市の東萊貝塚の発掘調査に参加する機会を与えて下さったことは、その後の私の研究において、血となり肉となって活用された。

また、その後一〇年が経った一九七八（昭和五三）年には八月一八日から一年間、国際交流基金から派遣されて、ソウル大学校博物館の訪問研究員として、「韓国と日本の交流に関する考古学的研究」を進めることになった。そのころ、韓炳三氏は国立慶州博物館長であったので、しばしば慶州を訪問した。博物館で実施していた朝陽洞遺跡や、崇福寺跡の発掘現場、そして、博物館所蔵の資料調査など、いつも最大限の便宜を図って下さった。そのうち印象に残るのは、東北大学の井上秀雄先生をはじめ、秋田大学の新野直吉先生ら一行の新羅金石文の採拓調査を網羅的に行うことができたことで、これも、韓館長の特別なご配慮によるものであった。

それればかりか、私が慶州にお邪魔すると、毎日毎晩のようにお酒と食事のご馳走に預った。韓炳三氏はよく知られた美食家であったので、慶州の美味しいお店というお店はすべてご存じといっても過言ではないほどの食通であり、その恩恵を十二分に蒙った次第である。

韓炳三氏は、戦後、当時のソウル大学校文理科大学に進まれ、卒業後、一九六一（昭和三六）年に国立博物館に就職された。そのころ、韓国の発掘調査は、国立博物館が主導されていた。そこで、前にも少し触れた青銅器時代の支石墓や三韓時代の貝塚など、先史・原史時代の遺跡が継続して発掘されていた。その過程で蓄積された研究実績が、おそらくその後の韓炳三氏のご活躍の基礎を形成したと私は考えている。

韓氏自らが調査を指揮された遺跡の中には、慶州の朝陽洞や金海のそばの昌原茶戸里遺跡などがよく知られている。また、日韓の共同研究でも多大な業績を上げられ、『日韓交渉の考古学―弥生時代篇―』（一九九一）の共編著となって結実している。

その他にも、博物館の海外展示のため、欧米や日本をたびたび訪問されているが、韓氏を通じて韓国考古学の成果が世界に大いに発信された。そうした功績は、一九九一（平成三）年の国際交流基金賞の受賞につながったと思う。

ともあれ、金元龍先生亡き後の韓国考古学界を文字どおり牽引して来られた韓氏であっただけに、あまりにも早いご逝去の損失は測り知れない。それにつけても、温和でバランス感覚があり、その上にユーモアに富み、存在感の大きかった韓氏の人柄と功績は永遠に語り継がれるであろう。

注

（1）西谷正「青銅器から見た日朝関係―弥生文化を中心として―」『朝鮮史研究会論文集』第四集、一九六八、極東書店

（2）高麗美術館編『共生と民際の歴史学―上田史学を継承する―』二〇一九、雄山閣

第三節　奈文研から福岡県教委へ

賀川光夫先生

奈文研すなわち奈良国立文化財研究所時代のことは、すでに第一章第四節で触れたところであるが、そこに登場する人々はいずれの方々もいわば忘れ得ぬ人々である。したがって、ここではとくに取り上げないことにする。

福岡県教委つまり福岡県教育委員会の文化課に在籍中は、上述のとおり、文化財保護の立場から開発との戦いに忙殺された。そのような状況下で、ただ一人救いの手を差し伸べて下さったのが賀川光夫先生であった。先生が、一九九三（平成五）年一月五日に古稀を迎えられたとき、記念の文集が編まれた。その折に、「賀川光夫先生と私」と題して一文を寄せているので、次に収録しておきたい。

一九六二（昭和三七）年一月に、私が奈良学芸大学に提出した卒業論文は、「弥生文化成立の主体的条件」であった。そこでは、弥生文化の成立時における朝鮮半島からの外的条件に対して、その前夜に当たる西日本一帯の縄文時代後・晩期に、どのような主体的条件が醸成されつつあったかという問題を取り扱った。その結果、自ずから九州への関心が高まり、一九六四年一月には、「九州縄文晩

佐賀市での座談会にて（1989年4月28日）。
右から賀川光夫・安志敏・金元龍の諸先生、著者

期の諸問題」をまとめ上げている。この二つの論文は、ともに未公刊であるが、いまさら世に問うほどのものではないので、そのまま筐底に秘することになろう。

ともあれ、その間、私が大きな刺激もしくは影響を受けた論文の一つが、賀川光夫先生の「中国先史土器の影響―九州縄文後晩期の一問題―」（『古代学研究』第二五号、一九六〇）であって、鉛筆で引いたアンダーラインが現在も随所に残っている。ちなみに、『古代学研究』第二五号では、この論文の次に、私の「円筒埴輪に描かれた舟画について」と題する資料紹介が続いている。そのとき私は、弱冠二一歳の大学生であったが、尊敬する気鋭の少壮学者に伍して、名前を連ねられた喜びをいまもはっきりと記憶している。それ以来今日まで、賀川先生の縄文農耕論がつねに脳裡にあり、私の朝鮮半島の櫛目文土器（新石器）時代の理解にも役立っている。

その賀川先生にはじめてお目にかかり、直接ご指導をいただくようになるのは、それから九年後のことであった。それは、一九六九（昭和四四）年四月に、福岡県教育委員会に文化課が開設されることに伴って、私が奈良国立文化財研究所から九州に赴任したことによるわけである。折しも、田中角

栄氏主導による「日本列島改造論」の最中で、私は九州縦貫自動車道の建設に先立つ緊急調査を担当することになった。そこで、賀川先生に調査補助員の派遣をお願いしたところ、次々と学生諸君を寄越して下さった。そのとき学生であった人は、いま各地で活躍している清水宗昭（大分県）・新原正典（福岡県）・山手誠治（北九州市）の諸氏である。その間、賀川先生には、山門郡瀬高町の大道端遺跡や小郡市の三沢遺跡等々の発掘現場で種々にわたってご指導をいただいたことはいうまでもない。それにもまして、先生ご自身も折りから筑紫野市の常松遺跡（一九六九年）や永岡遺跡（一九七〇年）の発掘調査団長を務めておられ、それらの調査成果を通じて、いわゆる「国」の形成過程研究に多くの示唆を受けたものである。そのときに考えたことどももまた、その後の私の研究テーマの一つとして心の中で生き続けている。

大分市でのシンポジウムにて（1991年11月４日）。
左から梅原猛・上田正昭・賀川光夫の諸先生、著者

　私が一九七三（昭和四八）年に九州大学文学部に転出してからは、各地の指導委員会やシンポジウムなどでご一緒させていただくことが多くなった。とりわけ、宇佐市・中津市・大分市・宮崎市などでの講演会やシンポジウムには、たびたびご推薦やお誘いを受けた。お陰で弥生時代から奈良時代にわたる各地の勉強をさせていただき、現在でも学

生の指導などの際に大いに活用させてもらっている。

そして、韓国や中国に関しても教わることが多いが、とくに賀川先生のシルクロード研究の成果からは、多くのことを学んでいる。私も一九八〇（昭和五五）年の敦煌訪問以来、シルクロードに興味をもつようになった。ここ五、六年間は毎年のように新疆ウイグル自治区を踏査しているが、そのつど先生の経験談などを参考にさせてもらっている。そのように、先生とシルクロード談義ができるときはとても楽しいひとときである。

このように振り返ってくると、賀川光夫先生から、私は学問や仕事の上で、あまりにも多くの学恩を受けてきたことに改めて思いをいたすのである。しかし、学恩だけではない。先生の懐の大きいお人柄に接すると、身も心も洗われる思いがする。そういうときに、ふと私自身が先生を目標の一人にしていることに気づくのである。こんごとも、どれだけ先生に接近できるか心もとないが、先生のユーモア溢れるすばらしい絵筆には最初から真似ができないと諦めている。

最後に、賀川光夫先生にお礼を申し上げたいことは、わが九州大学考古学研究室は、鏡山猛先生による創設時以来三十有余年の間、つねにお世話になってきたことである。ことに私の場合、ひ弱さもあって、いつも温かく見守って下さっている温情をしみじみと感じる昨今である。（一九九三年五月）

（賀川光夫先生古稀記念事業会編『賀川光夫・人と学問』一九九三、同事業会）


時は流れて、二〇〇一（平成一三）年一月ごろ、大分県の聖嶽洞穴の調査成果に関して、賀川先生が捏造されたと報じた『週刊文春』の記事がきっかけで取り返しのつかないことが起こった。ご自身の潔白を訴えられて賀川先生が自死されたのである（二〇〇一年三月九日）。この事件は、賀川先生の名誉回復を求めて裁判へと展開した。結果的には、最高裁第一小法廷（オロ千晴裁判長）は、二〇〇四年七月一五日、『週刊文春』の報道に抗議して自死された賀川光夫先生の名誉毀損問題に係わる「聖嶽訴訟」の上告審で、遺族側原告の請求を認めた二審・福岡高裁判決を支持し、被告『週刊文春』側の上告を棄却した。これによって、原告側の勝訴が確定した。その際に私は、賀川光夫先生の名誉回復の裁判を支援する会の『会報』に、次のようなコメントを寄せている。

賀川光夫先生の名誉棄損訴訟の最高裁判決で、文藝春秋側の敗訴が確定した。文春側は大分地裁で敗訴したときに、潔く非を認め謝罪すべきであったのに、何の反省の色もなく最高裁まで上告した。そこには文春側の驕りや商業至上主義を垣間見ることはできても、マスコミの使命や誇りが微塵も感じられない。それはともかく、賀川先生の名誉は回復されたが、先生は帰ってこられない。改めてご遺族をはじめ、教え子・知人の悲しみに思いを致す。この上は、心を新たに賀川先生のご意志をついで、大分・九州・日本いやアジアの考古学の発展のために精進することが、私たち後進の使命ではなかろうか。二年前（二〇〇二）の三月一〇日に催された一周忌の追悼会の折、文春側に鉄槌を下したいとご挨拶の中で申したことを思い出しながら、ご遺族や私どもの信念を体し、冷静かつ温情をもって裁判を闘い、導いて下さった徳田靖之団長をはじめとする弁護団の先生方に、感謝と敬意を表したい。

（賀川光夫先生の名誉回復の裁判を支援する会『会報（白石）』第八号、二〇〇四、別府大学文学部史学科利光研究室）

上野精志氏

ところで、福岡県教委時代に緊急発掘調査で苦労を共にした同僚の一人に、直方市出身の上野精志君がいた。不慮の死を遂げた上野君の仲間たちが遺稿集をまとめたとき、「上野精志君のこと」と題して追悼文を書かせていただいたので、以下に掲載しておく。

一九七九（昭和五四）年の末日に、私が上野精志君事故死という訃報を知ったのは、事故があってから数日後のことであった。そのころ私は、大韓民国のソウル大学校に留学中であったが、福岡の消息を知るために、一週間に一度ぐらいの割合で、西日本新聞社ソウル支局の山崎隆治特派員のオフィスにお邪魔しては、福岡から送られてくる西日本新聞をくっていてのときであった。その瞬間、驚きと同時に、「惜しい人を亡くした」と思った。福岡県教育委員会の技師諸公は、みんないい人ばかりであったが、そのなかでも上野君は格別にいい人であった。黒ぶちのメガネの奥でやさしく微笑む温顔が目に浮かんだ。よりによって上野君が亡くなるなんて、神仏も信じられないといいたいほど、なんともやり切れない気持であったように記憶する。

私が同僚として上野君といっしょに仕事をしたのは、一九七一（昭和四六）年四月ごろから始まった、九州縦貫道建設に伴う三沢土取場への進入路敷設工事に先だつ事前調査のときであった。いま以上に緊迫した開発工事と闘いながら、弥生時代中期の集落遺跡群を発掘していた。頭に血がのぼり、殺気だっている私などに比べると、上野君は、いつも笑顔を絶やさず、背筋の通った姿勢で黙々として働いていた。月明けて五月二日の夜、確か、当時、ハワイ大学からはるばる調査に参加していたリチャード・ピアソン博士と学生のアレクサンダー・タウンゼント君の送別会か何かの宴席において、上司の藤井功氏や仲間の高田一弘氏らともども肩を組んで「ラインダンス」に興じる上野君は、真っ白な歯をむき出しにして、私たちといっしょに、高歌放吟していた。その後、私は九州大学へ移ってから、やはり九州縦貫道建設予定地で、鞍手郡のどこかの遺跡を訪ねたとき、ちょうど火葬墓に関する論文を準備していたのか、調査の手をしばし休めて火葬墓論を熱っぽく語りかけられたように思い起こされる。またあるときは、直鞍地方の遺跡や須恵器窯跡のことなどといったふうに、上野君とは、つねに学問上の対話があった。現在より過酷な緊急調査体制の諸条件のもと、本務の発掘調査や報告書作成などの多忙な毎日にも拘らず、上野君は、いつも学問への情熱を燃やしていたようで、そのような雰囲気は、上野君と会うたびに私にはひしひしと感じられ、同学

賀川光夫先生（前列中央）、リチャード・ピアソン博士（前列左端）らとともに。後列左から２人目が上野精志氏、前列右端が著者（1971年４月）

としても愉快なことであった。（上野精志『遠賀川流域の考古学』一九八五、上野精志遺稿集刊行会）

近藤義郎先生・西川　宏氏

福岡県教委に勤務するようになってから、大阪との間に位置する岡山市が身近に感じられるようになったのか、それまで以上に岡山大学教授の近藤義郎先生や山陽学園教諭の西川宏さんとの接点が深まったように思う。近藤先生には、大学生時代以降、生涯にわたり、弥生・古墳時代史の調査・研究に関して大きな影響を受けた。西川さんには、吉備の古墳時代や朝鮮考古学史について、感銘を受けることが多かった。その西川さんの逝去に際し、一文を草しているので、次に再録しておきたい。

西川宏さんを偲んで

西川宏さんは、私の研究の軌跡において、大きな影響を受けた先学の一人である。私はいわゆる考古ボーイであったので、西川さんのご尊名は早くから存じ上げていたが、強く印象づけられたのは、大学院生のころであった。私の故郷・摂津の地に築かれた三島野古墳群を構成する、今城塚古墳を素材に、継体天皇の「摂津政権」の構想を練っていた時、西川さんのご労作「吉備政権の性格」（考古学研究会一〇周年記念論文集『日本考古学の諸問題』一九六四）から多くの示唆を得たことである。一方、その当時の私の専門は、朝鮮考古学、特に弥生時代併行期の朝鮮の初期金属器文化であったが、西川さんが一九七〇（昭和四五）年に、『考古学研究』や『朝鮮史研究会論文集』に相次いで発表された、朝鮮考古学史に係わる四本の論文などから、大きな刺激を受けたことを思い出す。その後、西川さんは、朝鮮の高句麗や渤海へと関心を広げられたが、私も西川さんの後を追うようにして、その分野の研究に着手した。そうして、一九九六年五月に、李進熙先生のお誘いで、中国・東北地方の高句麗山城の踏査行に参加することになったが、その折、西川さんとご一緒させていただいた。そのころ、西川さんは心臓に人工弁をいれておられたこともあってか、倍江夫人も同行されていた。

そのとき、倍江夫人にお目にかかったのは、およそ二八年ぶりのことであった。私が三〇歳のころ、奈良国立文化財研究所から福岡県教育委員会文化課へ転出したが、帰省の途次、岡山のお宅を伺い、ご馳走になった上、厚かましくも泊めていただいたことがある。確か西川さんからいろいろとお教えいただくことがあったからだと思われるが、ご夫妻の温情に改めてお詫びと御礼を申し上げたいと思う。

それにつけても、常に笑顔を絶やされず、優しいお人柄のまなざしの奥に秘められた、学問に対する熱情と厳しさ、誇り高き正義感、そして、徹底した平和主義など、後進が学び取るべきことどものの大きさ、多さをつくづく思い起こすところである。

（故西川宏先生追悼文編集委員会編「西川宏さんを偲んで」『追悼　西川宏先生』二〇〇八、同編集委員会）

第四節　九州大学在職二九年

私の現役時代の最後は、九州大学における二九年間であり、その間の知友・交友関係は地域と世代を越えて実に広大なものであった。その中から物故者で、追悼文などをしたためた、ごくごく一部の方々を取り上げる。

岡崎　敬先生

まず、恩師・先輩であったり、同僚でもあった方々では、第一に岡崎敬先生がおられた。前述のとおり、大学四年生の夏休みに、壱岐・原の辻遺跡の発掘調査に参加させてもらって以来、永年にわたって種々、公私ともに温情溢れるご指導をいただいた。この方のためなら死んでもよいと思ったのは、私の人生でただお一人、岡崎先生だけである。専門外のいろんな分野の、しかも一流の方々をご紹介いただいたり、会食を共にさせていただくなど、私に九州大学教授としての帝王学を学ばせて下さった思いさえすることがあった。そんな岡崎先生ともお別れせねばならない時がやって来た。

一九九〇（平成二）年六月一一日に逝去されたとき、その早世に痛恨の極みを感じずにはおれなかった。その折にしたためた追悼文など三編を再録し、改めて哀悼の誠を捧げ、追慕したいと思う（他に「私が影響を受けた考古学者――岡崎敬」『文化遺産の世界』第四号、二〇〇二がある）。

四一年前の一九六一（昭和三六）年夏、奈良学芸大学四年生であった私は、長崎県壱岐・原の辻遺跡の発掘調査に参加するため博多港の埠頭に向かったが、そこで九州大学に助教授として着任されて間もない三〇代後半の岡崎敬先生にはじめてお目にかかった。一カ月余りにわたる調査期間を通して、文字通り発掘の手ほどきを受けるとともに、先生のお人柄や学問談義にすっかり魅せられていた。

その後、一九六九（昭和四四）年に私は福岡県教育委員会に赴任することになった。憧れの先生のお近くで仕事ができる喜びもひとしおであった。福岡県教委在職中の四年間は、高度経済成長期とはいえ、開発優先の風潮のもと、埋蔵文化財の緊急調査に忙殺されたが、寸暇をぬっては、ご多忙な先生の研究室に押しかけて学問的雰囲気に浸れるのが、唯一最高の幸せであった。

研究室でくつろぐ岡崎敬先生

岡崎先生のご専門は中国考古学にあったが、ご研究の対象地域は広く西アジアから日本列島までに及んだ。また、時代も先史から歴史にわたり、スケールの大きさには圧倒されんばかりであった。一方で、常に資料を渉猟され、緻密な分析を怠られなかった。さらに、自然科学者との学際研究や外国人学者との学術交流を早くから実践されていた。そのような学風に基づいて達成された業績は枚挙にいとまがないほどである。そのうち、よく知られるものは、何といっても『東西交渉の考古学』と『中国の考古学―隋唐篇―』の二大著であろう。本書（『シルクロードと朝鮮半島の考古学』）には、前者を補完するべきシルクロード考古学に関する諸論文や、朝鮮考古学の諸問題を取り扱った業績が収録されている。

ところで、岡崎先生は、常に周辺の人びとに功績を譲り、共同作業を大切にしておられた。また、先生は私どもに名語録をいくつか残されている。名医たれ！もそのうちの一つで、黙々と勉強して良い仕事をすれば、人は自然と集まってくるというわけである。先生は、学外のお仕事にも多忙を極めておられたが、盆正月や土日も、そして時には夜を徹して、研究室で研究に沈潜されるお姿に接したことが少なからずあった。

私は、九州大学最後の授業となった二〇〇一（平成一三）年度、先生の学恩にいささかでも報いたいと念じながら、シルクロード考古学を講じたのである（二〇〇二年四月）。

（岡崎敬『シルクロードと朝鮮半島の考古学』序文、二〇〇二、第一書房）

全市民的といっても過言でないほど、大きな関心を集めた大宰府鴻臚館遺跡の発見後、はじめて一般公開された一九八八（昭和六三）年の成人の日、見学者の行列は平和台球場の四分の三周に達した。その大衆の中に、ご退院後間もない不自由なお身体をおして訪ねられた岡崎敬先生のお姿があった。かねて中国陶磁の研究からも、鴻臚館の位置を、中山平次郎博士の説を支持して、球場南側付近に考えておられた岡崎先生は、一目ご覧になりたかったのであろうが、そこに私は先生の学問的情熱と執念を見いだす思いであった。

そのような姿勢に裏打ちされたスケールの大きさには、身近にいてつねに圧倒されんばかりであった。それと同時に、資料の調査や構想には神経の細やかさを示された。先生の後輩に当たる秋山進午氏（富山大学名誉教授）が語ったことであるが、何か論文を書こうとすると、かならずといってよいほど、岡崎先生がすでに手を染めておられたと述懐していた。つまり、先生の知的好奇心はとどまるところを知らず、時と所を越えて無限に広がっていったようにさえ思われる。その結果、今世紀最後のスケールの大きい国際的な東洋考古学の数少ない碩学の一人を誕生させたのではなかろうか。そういった行動様式や人間性の根底には、牧師であられた父君の影響が少なからずあったのではないかと、私は心密かに憶測している。

ところで、岡崎先生の研究業績は、尨大にして底が深く、浅学な私には測り知れない。それでも、板付・立岩両遺跡の発掘、対馬・壱岐・唐津の総合的調査、さらには志賀島出土金印の分析等々にもとづく日本農耕文化の形成過程の究明や、宗像・沖ノ島調査をめぐる古代の国家祭祀の実態解明などは、なじみ深いものである。朝鮮考古学に関する高句麗の冬寿墓説の論証や、中国考古学での殷周から隋唐にわたる生活相・都城制・墓制・陶磁器など、広範な実証的研究は枚挙にいとまがない。また、そのような日本・朝鮮・中国にまたがる交流史の研究は、稲作・鉄器・銭貨・陶磁器など多岐にわたる。さらに、先生がもっとも情熱を燃やされたシルク・ロードを通じた東西交渉史の研究は、あまりにもよく知られている。そして、忘れてはならないのは、雲南省・ベトナムにおける漢文化や古代の南海貿易など、南北交渉史にも視野が及んでいたことである。

このように尨大な業績があるからといって、もちろん業績主義者ではなかった。むしろ功績を人に譲り、いつも共同作業を大事にされていた。また、こんにちよくいわれる学際的研究を早くから実践された。つまり、九州大学の自然科学系だけを取り上げても、解剖学・農学・建築史学・水工土木学・放射線学などにわたっていた。

さて、数日前（一九九〇年六月一一日）に永遠の別れをしたいま、私は、「旅に病んで夢は枯野をかけめぐる」という一句を思い出している。先生の御霊はいまごろ、タクラマカン砂漠の周辺か、あるいは、雲南省辺りをかけめぐっておられるのであろうか。

先生亡き後のわが九州大学考古学研究室は、去る四月に中国考古学専攻の岡村秀典助教授（後、京都大学人文科学研究所長）を迎え、そして、来る一一月中旬には、東アジアと九州という統一テーマを掲げて、日本考古学協会の全国大会が開催される。先生の学恩に報いるためにも、いまや地球規模の新たな創造と構築に向って、思いを新たにするとともに、岡崎先生が心おきなく、シルク・ロードを旅されることを祈るばかりである。

（一九九〇年六月一六日付『西日本新聞』）

一九八五（昭和六〇）年一一月下旬に、脳出血のためご自宅で倒れられて以来四年半の間、入退院を繰り返されていたが、去る一一日、ついに不帰の人となられた。一時、リハビリテーションにも励まれ、また、時どき研究室にお元気なお姿を見せていただくこともあったりして、再起を祈るような気持ちで念じていただけに、痛恨の極みである。

先生の本籍地は奈良県であるが、札幌生まれの九州育ちで、学生時代は京都で過ごされた。こうした幼少から青年期にかけての、北海道から九州にわたる居住地の転変は、その後の先生の行動力を広くさせたことと無縁ではあるまい。

生来ロマンチストで情熱家であった先生は、早くから考古学にロマンを求め、そして、考古学的調査や研究に情熱を燃やされ、また、周辺の人びとを牽引して来られた。

先生は、将来の中国かフランスへの留学を夢見て、京都大学の学生時代は東洋史を専攻され、大学院では考古学を研究されたが、戦後しばらくはそれもかなわなかった。そこで、中国の文物が出土する北部九州の遺跡群を発掘しながら、時期の到来を待っておられた。その意味で、一九五七年に国交前の新中国に戦後はじめて訪中されたことは、その後の先生の中国考古学研究に大きな刺激を与え、また、学術交流推進の出発点となったろう。

中国社会科学院考古研究所にて。右から夏鼐・岡崎敬・王仲殊の諸先生、著者（1981年10月）

一九六〇（昭和三五）年二月、二年余りの名古屋大学教養部勤務を経て、九州大学文学部に考古学講座が開設されたことを機に、助教授として着任された。その後も引き続き、立岩遺跡、宇木汲田遺跡、宗像・沖ノ島など北部九州の遺跡群を次々と発掘されながら、一方では、中国や韓国にもたびたび出かけられて、文字どおり東洋考古学の研究に邁進された。

ところで、先生の学問的業績は、膨大な著作などからうかがえる。その第一は、九州をフィールドとした日本古代文化に関するもので、弥生文化の成立過程から古墳時代の国家祭祀などに関する諸問題の究明である。第二は、朝鮮半島の考古学に関連するもので、高句麗冬寿墓説や新安海底文物の研究などが著名である。第三は、先生の本領ともいうべき中国考古学の研究であり、その成果の一部は『中国の考古学―隋唐篇―』として結実した。第四は、稲作・金印・金石文など、中国・朝鮮と日本との文化交流に関する研究である。第五は、先生がもっとも得意とされる中国考古学を軸にすえての東西・南北の交流史の研究であり、『東西交渉の考古学』の名著に見られるように、いわゆるシルクロードを通じた東西交渉史の研究は、この分野に関する先駆的業績として、国際的評価が高い。

ところで先生は、実に庶民的であり、温情あふれる方であった。無類のお人よしと優しさに接した周辺の人びとは、身も心も洗われ、励まされた。いろんな意味で存在感の大きかった碩学を失ったいま、ただただ先生のご冥福を祈るばかりである。

（一九九〇年六月一五日付『朝日新聞』夕刊）

横山浩一先生

岡崎先生は、京都大学の後輩に当たる横山浩一先生の学問とお人柄をとても信頼しておられた。その横山先生が、九州大学文学部付属の九州文化史研究施設の教授として、一九八三（昭和五八）年四月に着任された。その際、私は以下のようなプロフィルを書かせていただく機会があった。

小学三年生になる著者の子供が、横山さんの話し方を真似るのを聞いていて、改めて横山さんは落着いた方だと思ったことがある。また、横山さんの鋭い眼差しからは、東大寺戒壇院の広目天像のそれを連想し、常に遠くを見はるかしておられるような印象を持つ。そして、冷静・公正・教養、さらには、的確な判断・パースペクティブといった言葉が次々と浮かんで来る方でもある。日ごろ、学内外の後進を温かく見守られる姿勢に接し、横山さんを慕う者が多い。そうした反面、酒席では、世間話が出たり、ユーモアも忘れず、その風貌が川端康成に似るとして、人気がある。

前任地の奈良国立文化財研究所では、数十人の職員と億単位の予算で、平城宮跡や藤原宮跡などの大規模な調査・研究を指導された経験をお持ちで、共同研究の運営手腕は抜群とお見受けした。それにつけても、スタッフがわずか数人という九州文化史研究施設の現状をみると、いろいろと考えさせられる。

ご研究の分野は、土器の製作技術等における精緻な分析から、古代都城制といった壮大な研究まで幅広く、日本考古学界のリーダーの一人として活躍されている。

学内では、九州大学春日原地区埋蔵文化財調査室長、学外では、日本考古学協会委員、文化財保護審議会専門委員等々の要職を兼ねられ、考古学研究と文化財保護に果たされる役割はひときわ大きい。

（「プロフィル」（横山浩一）『九大学報』№．１２０２、一九八三）

金関　恕先生

横山先生の京都大学の後輩でもあった金関恕先生は、横山先生と同様に、私にとって、高校生時代以来の知己のお一人であった。金関先生も、去る二〇一八（平成三〇）年三月一三日に九〇歳で亡くなられた。その節、「金関恕先生を偲んで」という一文を草しているので、次に収録しておく。

一九五六（昭和三一）年春三月のころ、京都大学講師の小林行雄先生が調査主任となられて、大阪府茨木市の将軍山古墳（古墳時代前期・前方後円墳）の発掘調査が行われた。高校二年生の私は、春休みを利用して、その調査に参加させていただいた。そこで、大学院を修了され、奈良国立文化財研究所に就職される直前の、金関恕先生にはじめてお会いしたのである。私より一一歳年上で先生が二九歳のころであった。

それ以来、私の学生・院生から社会人へと、先生の晩年まで永年にわたって、ご指導ご交誼をいただいたことに、まずもって満腔の感謝の念を捧げるとともに、先生のご冥福を心から深く深くお祈り申し上げたい気持ちで一杯である。

いま振り返ると、一九八九（平成元）年における吉野ヶ里遺跡調査結果の公表に始まる保存運動の過程でご一緒させていただいたシンポジウムや、保存決定後の保存整備活用計画の策定会議などの機会において、考古学に対する「金関学」とも呼ばれる人間学の深奥さに啓発を受けることが少なからずあった。また、弥生時代研究の文字どおり第一人者としてよく知られる先生は、一九九一年に大阪府立弥生文化博物館の初代館長に就任されたが、二〇一二年まで二一年間という永きにわたって博物館活動に邁進され、弥生文化の研究と、その成果の啓蒙、普及を大きく前進された。ところで私は、故・佐原真さんの後任として、同博物館運営協議会の委員、後には委員長として現在に至っているが、協議会に出席することは楽しみであった。それは、先生の謦咳に接して、「金関学」の真髄を盗み取りたいという不届な賊気からであった。

金関先生の人と学問について、謙虚で温和なお人柄と、信仰・呪術など精神世界の解明、国際的な視野、古今東西にわたる学識の豊富さ等々、すでに多くの人々が語り、またマスメディアも大きく報

茨木市・将軍山古墳を発掘する金関恕先生（右から２人目）と高校２年生の著者（1956年３月）

じて来たが、ここで先生と朝鮮学会との係わりについて少し触れておきたい。先生は、天理大学教授のお立場もあって、朝鮮学会の幹事と編輯委員などの役職を永く務められた。私は、その会議でまた、ご一緒させていただいたのである。先生が係わられた活動で印象に残るのは、第一に、百済の武寧王陵に関するシンポジウムの開催である。一九七一（昭和四六）年に発見された武寧王陵は、そのころ相前後して調査された中国の馬王堆墓や日本の高松塚古墳とともに世紀の発見として、世界的にも大きな話題を呼んだ。確か翌一九七二年の朝鮮学会の記念シンポジウムには、調査を直接担当されたソウル大学校の金元龍先生と国立博物館の尹武炳先生のお二方が招聘された。武寧王陵発見の第一報を日本に紹介（「百済武寧王陵の発掘」『考古学ジャーナル』№.61、一九七一）した私も含めて、学会参加者一同

朝鮮学会での招聘講演のため天理市を訪れた金元龍（右）・尹武炳（左）両先生。中央は著者と長男・彰（1972年）

は、お二方の調査成果のご講演に固唾を呑んで聞き入り、大きな感銘を受けたことであった。

次に、一九八六（昭和六一）年度に開催された第三七回大会では、「新羅の王陵の研究」をテーマとしてシンポジウムが行われた。その際、司会・進行を金関先生と私の二人で担当することになった。折りから韓国では、天馬塚と皇南大塚に対する本格的な発掘調査が実施され、大きな成果を上げるとともに、日韓双方で新羅の古墳文化研究が大きく前進した折、時宜にかなった好企画のシンポジウムであった。その際、金関先生は「日韓両国の学者の最先端の研究をお互いにぶつけ合い、批判し合い、そして新たなる研究の出発点を見いだしたい」と企画の主旨を述べられた（シンポジウム報告「テーマ新羅の王陵の研究」『朝鮮学報』第一二二輯、一九八七）。当日のシンポジウムの報告者と発言者の顔ぶれを見ると、日韓双方のベストメンバーが名を連ね、期待どおりの大きな成果を上げた。これもひとえに金関先生の企画・進行によるところが大きいといえる。

さらに朝鮮学会は、二〇〇〇（平成一二）年に創立五〇周年を迎えたが、その記念シンポジウムでは「古代日朝関係史研究の現段階―五・六世紀の日朝関係―」が取り上げられた。そこでは、韓国における「前方後円墳」問題を中心テーマにすえて、日韓の考古学・文献史学の研究者群によって活発な議論が展開した。その結果、「前方後円墳」問題は、古代の日朝関係史にとどまらず、東アジアの国際関係史を解明する上で重要な研究課題であるという共通認識が形成された。このシンポジウムの成果を見るにつけ、新しい世代も加わって金関先生が取り組んで来られた学統を確かに継承、発展させた内容であったといえるのではなかろうか（『朝鮮学報』第一七九輯・一八〇輯、二〇〇一参照）。

最後に一言申しておきたいことがある。いつのことであったか、朝鮮学会の公開講演の折、確か大宰府鴻臚館の話をしていて、出土品の一つ中国・河北省の邢（州）窯産の白磁に触れて、黒板に刑窯と板書したところ、後から正しくは邢窯で、刑窯は誤字であるというご指摘を金関先生から受け、とても恥しい思いをしたことを思い出す。このこと一つをとっても、先生の中国考古学への造詣の深さを物語るといえようが、それ以来、板書する時は、一字一句を正確に書くべく心がけるようになったのである。

（『朝鮮学報』第二四八輯、二〇一八、朝鮮学会）

佐原　真氏

金関先生とは、音楽を通じても無二の親友であられた佐原真さんについても、補足的に触れておきたい。佐原さんは、金関先生より一六年も前の二〇〇二（平成一四）年七月一〇日に七〇歳で逝かれた。その際、訃報に対する私のコメントとして、「好奇心旺盛で、毎日面白いことを見つけては成長する子供みたいな人。はっきりものを言う人でもありました」（七月一一日付『毎日新聞』）とか、「昨年、佐賀での講演で

『過去を振り返るばかりでなく、戦争や環境など現代の問題を考古学の視点から考えたい』と述べておられたのが印象に残っている」(七月二一日付『西日本新聞』)といった発言を行っている。そして、同年一二月に出た『追想－佐原真さんのご逝去を悼む－』(大阪府立弥生文化博物館)において、「昭和三〇年ごろ、高校一年生の私は、角帽に詰襟・紺色の制服姿の佐原さんから、弥生土器の型式編年や縄紋の施紋法など多くのことを教わった。あるとき『石器時代』第三号の抜刷をいただいた。その末尾には、ドイツ語で書かれたサマリーが載せられていた。その後、私は卒業論文にドイツ語の要旨をつけることにした。そんなところにも、私が佐原さんから受けた影響の大きさがうかがえよう。このたびの急逝に哀悼の念を禁じえない」と述べている。

角田文衞先生

いま述べた金関・佐原両氏も含めて、いわゆる京大学派を語るとき、私にとってはまず、角田文衞先生のことが頭に浮かんで来る。そこで、以下に三篇の文章を掲載する。角田先生が米寿を迎えられた折に、その記念文集が発刊された。その際、私は次のような思いを述べている。

私が少年から青年の時期を過ごした郷里は、大阪府の高槻市である。そこには、天神山遺跡という弥生時代の遺跡がある。一九五七(昭和三二)年、私が高校三年生の春休みに発掘調査が行われたとき、その当時としては珍しい竪穴式住居跡群が検出された。そのことが契機となって、私は、奈良学

大野城市・乙金山古墳群発掘現場にて。左から（1人おいて）角田文衞・尾崎喜左雄両先生、著者（1970年12月）

芸大学に進学したころ、弥生時代の集落の構成や地域社会の構造に関心をもつようになった。そこで、共同体や古代国家論に関する書物を渉猟するうちに出くわしたのが、財団法人古代学協会編の『共同体の研究』上巻（一九五八、理想社）であった。その中で、角田文衞先生の「共同体―研究序説―」に接したのが、書物を通じてではあったが、私の角田先生との出会いといえば出会いである。同書を見ると、ご論文の行間の随所に赤鉛筆のラインが残っている。

その後しばらく、角田先生と私との間には空白の時間が過ぎた。私が角田先生にはじめてお目にかかったのは、確か一九七〇（昭和四五）年一二月のことかと記憶する。思い起こせば、京都大学の大学院修了後、奈良国立文化財研究所を経て、一九六九年四月に、福岡県教育委員会に新設の文化課に転出した。折りから、田中角栄首相主導による日本列島改造論が喧伝されていて、福岡県でも各種の開発事業に伴う緊急調査が目じろおしの状況であった。私は、そのような緊急調査に対応する要員の一人として福岡に着任したのであった。そして、私は主に、九州縦貫高速自動車道の建設に係る事前の発掘調査を担当することになった。建設工事のスピードアップのため、発掘調査を急がされた

財団法人古代学協会九州支部・九州大学考古学研究室共催の講演会にて。右から角田文衞・侯燦（新疆師範大学）両先生、著者（1991年11月16日）

が、私たち数名の担当者ではとても対処しきれないことになり、いろいろとつてをたよって全国各地に応援を求めた。その際、来援していただいた調査団の一つに平安博物館があり、伊藤玄三氏が現地主任格で来て下さった。そうして調査を分担していただいたのが、大野城市にあった古墳時代後期の群集墳である乙金山古墳群の一部であった。調査が進行中の一二月末ごろ、博物館長であり、調査責任者でもあった角田先生がご視察に来られたお陰で、先生にはじめてお目にかかることができたわけである。ちなみに、乙金山古墳群は大規模であったため、すぐそばで群馬大学の尾崎喜左雄先生の調査団にも分担していただいた。

私が角田先生と親しくお付き合いさせていただくようになるまでには、また幾とせかが流れた。私はその後、一九七三（昭和四八）年に九州大学文学部に転出したが、一九八一年には、財団法人古代学協会九州支部の幹事に加えていただき、さらに一九八九（平成元）年には支部長の重責を預かるようになってから、ご一緒させていただく機会が増えることになった。そのつど、先生の深遠な学識に驚嘆し、崇高な理念に啓発を受け、そして、強烈なインパクトをわが身に感じるなど、測り知れない恩沢をいただいて来た。

（角田文衞先生米寿記念会編『角田文衞博士の学風と軌跡』二〇〇一、同記念会）

奇しくも、その翌年には、角田先生の幻の名著ともいうべき『欧州の四季』（初版一九五〇、三明社）が再刊されることになり、以下のような紹介文を書かせていただいた。

角田文衞先生といえば、世界的視野に立った古代学研究の碩学として、あまりにもよく知られる。その角田古代学の真髄は、歴史学とくに古代に関して、考古学と文献史学をいわば車の両輪として追究して来られたところにあるといえよう。角田先生のご業績は、青年期の編著『国分寺の研究』（一九三八）上・下二巻の大冊をはじめ、成年期の著書『古代学序説』（一九五四）以下、最近の編著『平安時代史事典』『平安京提要』（一九九四）にいたる著書・編書約六〇冊、論文四百数十編に見られるとおり、驚異的なものである。

そのような先生の研究活動のほか、これまでの研究体制作りの原点もしくは基盤は、二六歳になられた一九三九（昭和一四）年から約三年間にわたる青年期のヨーロッパ留学時に形成されたといっても過言ではないことが、本書（『欧州の四季』）を通読してうかがえるところである。すなわち、当時、文部省在外研究員兼日伊交換学生として、ローマのドイツ国立考古学研究所に在籍された。その間、ヨーロッパ各地の遺跡・遺物を見聞しながら、考古学の方法論を学び、そして、斬新な古代学の体系化への基礎を蓄積されたのである。

さて、本書は、一六の文章からなるが、再版に当たって、巻末に八幡一郎氏の読後感や坂詰秀一氏の解説などを収録している。まず、本文の「一、海の上」は、日本出発からイタリアのナポリ到着までの旅程が、臨場感をもって淡々と語られている。「二、戦前の伊太利」は、早速と活動を開始されたナポリやローマにおける、研究機関や日常生活の様子が手に取るようにわかる一方、戦乱の拡大という暗雲が立ち込めはじめた緊迫感がじわじわと伝わってくる。「三、アッチカの春」では、アテネの遺跡踏査や現地の学者との交流を通じて、ギリシアへの理解を深められる過程がよくわかる。「四、ペロポネソスの旅」と「五、ボェオチャ行」は、ミュケナイ・オリンピア・デルフォイなど、ギリシアの遺跡踏査記であるが、当時の町や、そこに生きる人々の様子が語られる。読むほどに、現地を訪れてみたいという気持を起こさせる。「六、初夏の羅馬」は、三年間のローマ滞在中で初夏が最高にすばらしいことが、風土や市民生活の有様を織り交ぜて描写される。そして、ポンペイへの関心の深まりと憧れがいかんなく叙述される。角田先生は現在、ポンペイに西方古典文化研究所を開設され、ポンペイ遺跡を発掘調査されているが、そのときの夢を実現されているわけである。

ところで、イタリアは一九四〇年に、イギリス・フランスに宣戦を布告し、ローマも空襲を受けることになる。「七、伊太利参戦」は、そのようなイタリアの戦時下の政治・経済・日常生活の諸相が詳細に綴られているので、近代史の貴重な一側面を物語る歴史記録ともなっている。

一方、角田先生はイタリア滞在中に、バルカン半島や北ヨーロッパへも関心をそそがれ、同地方への踏査行となるが、その内容は「八、バルカンの国々」や「九、北欧の旅」に詳しい。いずれもご専門の古代学にとどまらず、それぞれの土地柄と文化や生活にわたる幅広い見聞が記され、同地方の情報が数多く盛り込まれている。さらに、「十、欧州の自然」や「一一、欧州の婦人」は、文化や伝統を育くんだ自然と、ヨーロッパ留学の最も大切なこととして人間を知ることとし、ことに女性に焦点を当て、日本女性に思いを馳せられる。留学の意味について示唆的であり、共鳴する点が少なくない。師と仰がれる濱田耕作先生の影響がこんなところにも及んでいるのであろうか。

「一二、欧州の学界」は、当時の学界状況を日本との比較において述べられるが、留学の意味を重ねて示唆される。「一三、伊太利の国民性と文化政策」においては、下宿生活の体験と周辺の人々との観察を通じた角田先生のイタリア文化論が披瀝される。

さて、いよいよ帰国の日が近づく。戦時下にあって帰国準備の苦労話を綴ったのが、「一四、帰朝の準備」である。そして、日本への航路が断たれたため、当時のソ連のビザを得て、バルカン半島・中央アジアを経て、中国へ至る壮大な列車の旅が敢行されたのである。その間の辛苦は想像を絶すると思われるが、そこでも角田先生の幅広い教養に裏づけられた学問的好奇心の強さや鋭い観察眼が随所に見られ、貴重な歴史紀行文となっている。無事に帰国され、ご健康なお姿を見るにつけ、ユーラシア大陸をローマから大連まで、貴重な体験をされた角田先生が羨ましくも思われるといえば、失礼に当たるであろうか。

最後の「一六、滞欧断想」は、文字どおり、留学中のヨーロッパ感が日本との比較において、種々にわたって語られる。

ともあれ、『欧州の四季』という書名が示すとおり、角田先生のヨーロッパ留学時の紀行文・随想録あるいは留学記ではあるが、単なるそれにとどまらない。つまり、ひとり角田古代学の形成過程を知ることができるばかりか、日本における古代学を語るとき、学史的にも重要な位置を占めよう。

考古学を含めて古代学を取り巻く時代環境が大きく変貌し、混沌としている現在、学史を振り返えることはきわめて重要である。また、学問における国際化が進んだ昨今、欧米への留学生も増加の一途をたどっている。そのようなとき、本書は実に示唆に富んでいる。

角田先生の処女作でもある本書は、すでに稀覯本になっていただけに、再版を喜ぶとともに、古代学の研究を志望する若い世代に一読を勧めたい。

（『欧州の四季』二〇〇二、雄山閣）

これまで述べて来たように、角田先生の人と学問はあまりにも偉大であるのに、各種の賞などには恵まれなかった。そこで、朝日賞に推薦いたしたく草したのが、以下の一文である。しかし、残念ながらご受賞にはいたらなかった。

角田文衞先生の名声は、古代学の専門学者として国内外の学界に著聞している。先生は、早くイタリアに留学して考古学の方法論を研鑽したが、戦後は職を大阪市立大学に奉じながら、歴史学ことに古代学を世界史的な見地から考察し、文献史学と考古学を左右の腕として研究する、新しい斬新な研究方法を樹立された。さらに、これを広く学界全般に浸透させるために、財団法人古代学協会を創立し、季刊誌『古代学』を刊行して、古代史研究の新しい方法を内外に広めようと努められた。同協会は、多数の古代学の研究者の協力のもとに、学界のさらなる発展を図った。ついで、月刊誌『古代文化』を監修し、それは現在（二〇〇二年一月）までに第五四巻を数えるまでに至っているが、本誌は、今や日本の古代学研究者の有力な登龍門の一つとなっている。

角田先生は、こうして研究事業を推進されたばかりでなく、自らも古代学の研究を怠ることなく続け、奈良・平安時代文化の研究にも没頭して、早く『国分寺の研究』という大冊二巻を刊行し、学界を驚嘆させた。これまでに発表された著書は、『古代学序説』や『ヨーロッパ古代史論考』以下四六冊、論文は四四五点に及び、寸暇を惜しんで現在もなお研究に邁進されている。

さらに、一九六七（昭和四二）年には、日本銀行京都支店の敷地および店舗が売却されることを知った角田先生は、これを憂い、この明治時代の文化財の永久保存を訴えて、全国的な募金に奔走し、店舗を購入した上での活用を考えられた。そして、大学以外ではじめて、教授・助教授制を採用した研究博物館である平安博物館を開設された。そのため、角田先生は、敢えて大阪市立大学の職を辞して、古代学協会の専任となり、研究と学界活動に全精力を傾け、古代史研究の躍進を図る一方、多数の優れた歴史学・古代史学者を養成された。ここで育成された専門学者は、東京大学・国立歴史民俗博物館を始め、全国各地の大学・博物館の教授・助教授として赴任し、今やその数はおよそ三〇名に及んでいる。

ところで、古代学研究の趣旨からいって、外国の古代文化の研究も重要な目的の一つである。よって、一九八一（昭和五六）年以来、角田先生は、古代学協会による発掘調査を主宰し、自ら調査団長として中エジプト・アコリス遺跡において、ローマ時代の神殿を一二年間にわたって調査し、英文による正式報告書を監修された。これが終ると、角田先生は、イタリア・ポンペイ遺跡に着目し、イタリア文化財省の理解と後援を得て、古代学協会が主体となるポンペイ市の埋没遺跡の発掘調査を実現された。調査は、角田先生の指揮の下に、一九八九（平成元）年にまず地表調査に着手し、一九九三年以降は遺跡の東北部において本格的な発掘調査を開始されている。この調査を円滑に達成するため、角田先生はふたたび浄財を募り、一九九五年には敷地面積約二〇〇坪四階建の西方古典文化研究所をポンペイ市内に設立し、研究調査の拠点とされた。こうした古代学協会の姿勢と発掘調査の緻密な手法は、イタリア当局に高く評価されており、日本とイタリアの親善関係の構築にも寄与するところが大きい。現に、一九九九年一月には、当時の小渕恵三首相がポンペイを視察され、日本の文化協力に対して満足されるとともに、研究員一同を大いに激励されたところである。

一方、国内においても角田先生は、古代学協会をして平安京のみならず、長岡京跡さらには大分県の丹生遺跡群、青森県の石亀遺跡など、全国各地で発掘調査を行い、それぞれ重要な成果をもたらされた。それらに加えて、文献学方面では冷泉家の秘宝の公開に成功し、一九八〇（昭和五五）年にいち早くその典籍や古文書の概要を調査し、財団法人時雨亭文庫の設立に尽力された。また、二四年の歳月を費やした浩瀚な『平安時代史事典』や『平安京提要』を刊行し、一九九四（平成六）年の平安建都一二〇〇年記念事業に貢献するところが多大であった。さらに、一九九三年以降は、仁和寺に秘蔵されている膨大な古文書・古典籍の調査の先鞭をつけ、こんにちに至っている。その成果は、『仁和寺研究』として毎年刊行されている。ここ数年は、世界規模の王権の研究を組織的に行い、その研究成果も刊行された。

以上のように、角田博士は七十有余年にわたって、たゆまぬ研究と学界活動を続け、ひとり日本の古代文化の研究にとどまらず、伝統ある古典文化あるいは埋蔵文化財の研究の分野において、国内外の学界に寄与するところが大きいが、このたび、京都市を中心とする埋蔵文化財の研究と保存のために力を尽した功績により、二〇〇〇（平成一二）年一〇月には、文化財保護功労者として、文部大臣より表彰されている。このように、角田文衞先生の広範な学問的功績は高く評価されているのである。

（二〇〇一年度朝日賞推薦票）

平野邦雄先生

ここで、角田文衞先生の後学に当たられる、岡崎敬先生をめぐって、平野邦雄先生と永留久恵先生のお二方を取り上げる。平野先生は、二〇一四（平成二六）年九月二〇日に、享年九一歳で逝去されている。一周忌に編集された追悼集に、私は平野先生を偲んで、次のような一文を寄せている。

私がはじめて平野邦雄先生にお目にかかったのは、確か一九七五（昭和五〇）年ごろのことであったと思い起こされる。そのころ、九州大学文学部教授の岡崎敬先生が代表となられて倭人伝研究会を組織され、韓国側の三韓海路踏査会（代表・金元龍ソウル大学校教授）の協力を得て、「魏志倭人伝」に登場する魏の帯方郡から、倭の邪馬台国への道を古代推定船「野性号」で踏査するというプロジェクトが進んでいた。実際には、帯方郡治所の候補地の一つとしてのソウル東南郊外の漢江左岸に立地する風納土城を念頭に、漢江河口に近い仁川を、一九七五年六月二〇日に出航して、韓国の西海岸から南海岸を航行し、対馬・壱岐・唐津を経て、奴国の故地、福岡平野の湾頭に浮かぶ志賀島へ八月五

釜山大学校における韓日文化シンポジウムにて。左から平野邦雄・金廷鶴・乙益重隆の諸先生、著者（1975年７月19日）

日に到着するまでの四七日間の航海実験が実施された。

その際、実行委員会委員長で東洋考古学の岡崎敬先生と永年にわたる研究仲間であられた、日本古代史の平野先生が、実行委員として、事実上はいわば参謀役として総指揮をとられるなど、大きな役割を果たされた。それには、横で見ていても羨ましいほどの人間的な信頼関係と、平野先生が海兵団のご経験があり、また、海軍の航海科士官というご経歴の持ち主であられたことからくる全幅の信頼を寄せておられたことに基づくといえよう。

その実行委員会の末席を汚していた私は、プロジェクトの準備段階から平野先生と、東京・福岡・釜山・ソウルを結んで、ご一緒させていただくことになった次第である。

その平野先生からは、私が岡崎先生の助教授ということもあってか、種々にわたってご指導・お引立をいただいた。先生はご専門の日本古代史のお立場から、あるいは、九州工業大学に奉職されたご経験なども手伝ってか、九州に熱い思いを寄せて下さった。早くは、平野先生が文化庁の主任文化財調査官時代に、宗像神社境内の史跡指定（一九七一年四月）を推進された。ちなみに、二〇一五（平成二七）年七月二八日に開催された文化審議会において、平成二七年度に日本国が推薦する世界文化遺産候補として、「神宿る島」宗像・沖ノ島と関連遺産群に決定したが、その構成資産に含まれる。平野先生の炯眼に感服したい気持ちに駆られるのである。

その後、平野先生は一九七〇（昭和四五）年一〇月に、東京女子大学に移られてからも、大宰府史跡や鴻臚館跡の指導委員会の委員長として、調査・研究・整備など多岐にわたって、永年に及ぶ大学と行政の豊富なご経験を踏まえた、懇切なご指導をいただき、実に多くのことを学ばせていただいた。

ところで、平野先生の数々のご業績の中で、私にとって『邪馬台国の原像』（二〇〇二、学生社）には、ほろ苦いエピソードがある。先生は、いわゆる邪馬台国九州説のお立場であられるが、近畿説の私との間には意見の相違があった。ある時、近畿説の論拠として、いくつかの状況証拠を挙げたところ、先生独特の口調で、「西谷君《くん》、君《きみ》――。状況証拠で物をいうのは学問じゃないよ！」と一蹴された。それ以来ずっと、私は文章を書く時に、このお言葉が脳裡をかすめるのである。

（「追悼　平野邦雄」刊行会編『追悼　平野邦雄』二〇一五、同刊行会）


［追記］「神宿る島」宗像・沖ノ島と関連遺産群は、二〇一七（平成二九）年七月九日のユネスコの第四一回世界遺産委員会において、正式に登録が決まった。

永留久恵先生

いま述べた古代推定船「野性号」の航海実験の折、寄港地の対馬で献身的にご協力をいただいたのが、永留久恵先生であった。永留先生は、去る二〇一五（平成二七）年四月一七日に九四歳で亡くなっている。その折の追悼文を次に掲げておく。

二〇一五（平成二七）年の年頭に永留久恵先生から頂戴した年賀状には「まだ元気にしています」としたためられていただけに、去る四月一七日に訃報に接したときの痛恨と無念の気持ちが計り知れなかったのは、私一人にとどまらなかったであろう。

私が、先生から長年にわたってお受けした学恩もまた計り知れない。先生にはじめてお目にかかったのがいつのことか記憶に定かではないが、確か一九八〇（昭和五五）年九月四日に、当時、美津島町の鶏知中学校の校長室に先生をお訪ねし、種々ご指導をいただいた上に、厳原の手打ちそばやさんでごちそうになったことは、はっきりと覚えている。その後も、専門的な調査や、考古学ファンのツアー同行講師などで、対馬を訪れるたびに、先生から種々懇切なご指導なりご教示なりをいただいた。

先生の学恩をお受けしたのは、もちろん私だけではない。島外からの大形調査時には、先生は阿比《あび》留嘉博《るよしひろ》先生たちと共に、積極的に協力され、先導的な役割を果たされた。

まず、一九四八（昭和二三）年の東亜考古学会、次いで一九五〇～一九五一年の九学会連合対馬共同調査の際の日本考古学会や、一九五二～一九五四年の対馬遺跡調査会へと調査が続き、対馬の考古学の体系化が達成された。その後は、永留・阿比留両先生が中心となって地元研究者による対馬郷土研究会が発足し、地道な調査と研究が結実していった。たとえば、永留先生の『対馬の古跡』（一九六五、対馬郷土研究会）は、対馬学の基本文献として多くの関係者に福音をもたらした。

一方、一九六五（昭和四〇）年における当時の豊玉村佐保での青銅器の発見を契機に、一九六八、一九七〇年には浅茅湾沿岸遺跡の緊急調査が、永留先生をはじめとする地元の研究者を中心に実施されるなど、画期的な調査が展開した。

そのように、調査・研究が着実に進展する他方で、自然と文化遺産の破壊や文化財の島外への流出という危機感から、「対馬の自然と文化を守る会」が結成された。この会の機関誌である『対馬の自然と文化』には、永留先生は一九七三（昭和四八）年発刊の第一集から第一九集（一九九一年）まで連年のように執筆されているが、特に自然と文化財の保存に警鐘を鳴らしておられる点が印象的である。その間、一九七五年に実施された、古代推定船・野性号による韓国の仁川から福岡までの邪馬台国への道航海実験の折も、献身的な協力を惜しまれなかった。

ところで、永留先生の学問を振り返ると、考古学はもとより文献史学、民俗学、神話学などのほか、原始・古代から近・現代まで、オールラウンドの対馬学の泰斗であった。ややもすれば、超専門化もしくは細分化しがちな昨今の学問状況に照らして、常に総合化、相対化の必要性を教えていただいたという感慨が脳裏に去来した。そして、永留先生の思索の基盤には、韓国・中国における現地調査も含めた東アジアの視野に裏打ちされている点に説得力があるといえよう。

そのような先生の金字塔は、去る二〇〇九（平成二一）年、齢《よわい》八九歳のときに出版された『対馬国志』全三巻である。同年九月一二日に福岡市内で開催された出版記念祝賀会のスピーチで、本書は幾星霜の時を超えて歴史に残る大作であると、敬意を込めて、恐れながらも絶賛させていただいた。

冒頭に紹介した年賀状には「世界の平和と祖国の発展を祈り」ともしたためられていた。先生の真珠湾攻撃やミッドウェー海戦など、悲惨な戦争体験から平和と繁栄を人一倍に希求された。さらには、もう一つの名著『雨森芳洲』が実践した善隣外交に学んで、交隣の復活を強調されるなど、現在の日韓問題を考えるとき、極めて示唆的である。

最後に、長年にわたって先生からお受けした学恩とご交誼に感謝し、哀悼の誠をささげたいと思う。

（二〇一五年五月四日付『長崎新聞』）

永留久恵先生『対馬国志』出版記念祝賀会にて
（2009年９月12日、福岡市）

ちなみに、永留先生のお仕事は、ご長男の永留史彦さんがしっかりと継承されている。すなわち、交隣舎出版企画を起業され、新たに知られた資料や研究成果を次々と出版されているのである。その上、対馬の自然と文化を守る会の会長としても、『対馬の自然と文化』（二〇一八年に第四四集）の発行に尽力されており、頼もしく思うのは、私一人にとどまらないであろう。

江上波夫先生

さて、九大時代に受けた大きな衝撃は、江上波夫先生の逝去であった。思えば高校生のころに憧れ、後年ご一緒させていただくことが多かったからである。お亡くなりになったのは、二〇〇二（平成一四）年一一月一一日、九六歳のときであったが、奇しくもその日は私の六四歳の誕生日でもあった。いわゆる騎馬民族説の論敵で、『騎馬民族は来なかった』（一九九三、NHKブックス）の著作もある佐原真さんが、同年の七月一〇日に七〇歳で亡くなっている。それはともかく、「江上波夫先生をしのぶ」追悼文を一一月二七日付『西日本新聞』に、また、「心に残る考古学者（四）二〇世紀最後の国際派巨星・江上波夫先生」を『考古学ジャーナル』（№５０５、二〇〇三）に書かせてもらった。そのうち、ここでは『西日本新聞』の記事を収載する。

思い起こせば四十数年前、私が高校生のころ、江上波夫先生を団長とする東京大学の調査団は、イラクのテル・サラサートの発掘を手がけておられた。調査の状況は、現地から刻々と新聞報道されていた。それを見るにつけ、私の考古学熱は燃え盛っていった。それ以来、西アジア考古学への関心を持ち続けることになる。このこと一つをとっても、江上先生は青年期の私たちに、古代文明に対する計り知れないロマンをふくらませてくださったことがわかる。

ところで、江上先生といえば、いわゆる騎馬民族説つまり騎馬民族征服王朝説の提唱者として、あまりにもよく知られている。一九四八（昭和二三）年に行われた座談会の席上ではじめて披瀝され、その後、『民族学研究』においてお説が公にされた。つまり日本国家の起源を北東アジア系の遊牧騎馬民族の征服によって説明しようとされたのである。スケールの壮大さはともかくとしても、万世一系の王朝史観を真正面から否定しようとする学説であってみれば、学界はもとより市民社会に大きな衝撃を与えた。

その後、騎馬民族説をめぐる論議が再燃するのは、ずっと後年の一九九〇年代に入ってからのことであった。その直接的な契機は、日韓それぞれの古墳で馬具の良好な資料が見つかったことに起因する。それまでに知られていた福岡市の老司古墳出土の初期の轡などに加えて、釜山市の福泉洞古墳群における馬冑などの発見である。

ことに馬冑に関しては、高句麗古墳壁画の中の騎馬戦図に表現された馬冑の実物が、朝鮮半島ではじめて加耶の古墳から出土したのである。それについて、江上先生は騎馬民族説のミッシング・リンク（失われた環）がついに発見されたとされ、また、マスメディアは同説を補強するものとする論調を示した。

そのようにして、騎馬民族説は、日本の古代史を北東アジア史の視点でダイナミックに考えていこうとするものであり、私たちの視野をユーラシア大陸へと大きく広げさせた点で、江上先生のご功績は多大である。そして、そのような視座は、現在、後進によって継承、発展されている。

江上先生のご業績は、もちろん騎馬民族説にとどまらず、むしろそれはほんの一部といってよい。騎馬民族説の背景となった青年期の内蒙古長城地帯に展開した匈奴文化や、東大時代に行われた西アジアを舞台とした人類文明の起源に関する研究など、『江上波夫著作集』全一三巻に見られるとおり、枚挙にいとまがない。

私は、九州大学の助教授時代に、江上先生が懇意にしておられた岡崎敬教授を時どき訪ねて来られた際に、何度かお目にかかったり、岡崎教授からお噂をいろいろうかがうことを通して、江上先生の人と学問から直接・間接の影響を受けた一人である。

やがて江上先生が会長職にあられた日本考古学協会、アジア史学会、高句麗会で、ご一緒することが多くなった。そのうち、一九九八（平成一〇）年のアジア史学会北京大会の折には、当時、体調はすぐれておられなかったにも拘わらず、モンゴルの学者の発表に対して示された学問的好奇心と情熱には圧倒されんばかりであった。

江上波夫先生とともに
（1996年９月19日、北京・北海公園にて）

その日の北海公園での夕食会の後、このときとばかり、介添えのつもりで腕組みをして、夕暮れの湖畔をエスコートしたことも、なつかしい思い出の一つとなった。

また、一九八六（昭和六一）年には、朝鮮民主主義人民共和国の戦後初の日本学術文化代表団の一員としてご一緒したとき、高句麗文化に強い関心を示され、それは一九九二（平成四）年には、江上先生原作（『騎馬民族国家』）による朝鮮科学教育映画撮影所との合作映画「高句麗」となって結実したが、その当時の共和国を評して、おとぎの国のようだともらされたことが印象的であった。

ところで、江上先生は熊本の江上家の縁りということもあってか、九州へは常に熱いまなざしを向けておられた。とりわけ、八九年に吉野ヶ里遺跡が発見されると、ただちに足を運び、高い評価を与え、また、一九八〇（昭和五五）年から三年間、伊万里湾に浮かぶ長崎県の鷹島における元寇の海底遺跡の調査では指導的な役割を果たされた。そのときに始まった調査は、現在も鷹島町教育委員会によって続けられている。

そして、一九七一（昭和四六）年におけるチグリス川下流域のアッシリア時代の沈没船の調査や、日本水中考古学会初代会長などからもうかがわれるように、日本における水中考古学研究の啓発と推進にも尽力された。

このように、ご専門の東西文化交流史、人類文明起源論の調査・研究にとどまらず、幅広い学術研究のパイオニア・リーダーとして果された役割の大きさを振り返ると、二〇世紀最後の存在感に溢れた国際派巨星墜つの感を深くするのである。

（二〇〇二年一一月二七日付『西日本新聞』）

斎藤　忠先生

日本考古学の分野では、斎藤忠先生との出会いも忘れ難い。先生のご高名は学生時代から存じ上げていたが、一九六三（昭和三八）年七月に、大阪府高槻市の弁天山古墳群の発掘現場が初対面であった。それ以来、永年にわたって、ご交誼、ご指導をいただいた。先生が二〇一三（平成二五）年七月二一日に、一

○四歳にして天寿を全うされたとき、二編の追悼文をしたためたので、ここに再録しておきたい。

私が斎藤忠先生にはじめてお目にかかったのは、確か五〇年前の一九六三（昭和三八）年七月のことであったと記憶する。当時二四歳の私は、京都大学大学院文学研究科考古学専攻の聴講生であったが、大阪府高槻市の弁天山古墳群の発掘調査を分担していた（堅田直・原口正三・田代克己・北野耕平・西谷正『弁天山古墳群の調査』〔『大阪府文化財調査報告』第一七輯〕一九六七）。この調査は、高度経済成長期にあって、高槻市の北方丘陵地を丸紅不動産が大規模な住宅団地として開発することになり、事前の緊急発掘として行われた。その際、当時の国の文化財保護委員会の主任調査官としてご指導に来られたのであった。当然、発掘現場で種々ご指導いただいたはずであるが、その夜、会食の前にカマ風呂にご一緒に入ったことしか覚えていない。

それがご縁で、私の拙いガリ版刷の論文（「壺棺を中心とする弥生時代墳墓に関する予察」『歴史研究』№10、一九五八、奈良学芸大学歴史研究会）を差し上げたところ、それを斎藤先生の名著の一冊である『日本古墳の研究』（一九六一、吉川弘文館）の中で注として引用していただいたことに驚きと喜びを感じるとともに、大きな励ましとなったことを思い起こす。

私が三〇歳のとき、福岡に転勤してからは、福岡や九州のことどもについていろいろとお問い合せの書簡をいただき、また、お返事を差し上げると、そのつどご丁寧なお礼状が届いた。それらの書簡はいまも私の手元に残っている。一方、福岡・九州で私は、朝鮮考古学や日朝交流史を本格的に勉強するようになって、斎藤先生のこの分野におけるご業績に負うところが大きくなっていった。朝鮮考古学に関しては、『新羅文化論攷』（一九七三、吉川弘文館）に収録されている論文の中で、慶州の先史文化に光を当てられた。同じく同書における統一新羅時代に対する諸論文は、その後の研究の追随を許さない。ことに、新羅王京や陵墓の研究は、この分野の研究の出発点となっている。日朝交流史については、『斎藤忠著作選集』第二巻の『古代朝鮮文化と日本』（一九九七、雄山閣出版）に網羅されている。そこでは、三国時代高句麗・百済・新羅と日本の古墳文化、そして統一新羅時代と奈良時代の諸関係について論究されている。

斎藤先生は一九五五（昭和三〇）年に取得された学位論文が「新羅文化の考古学的研究」であったことからもうかがえるように、終生、朝鮮考古学を主要な研究テーマの一つとされた。そのことが晩年の北朝鮮考古学界への温かいまなざしとなって行動に示された。

斎藤先生は、一九九五（平成七）年一一月四日から一〇日間にわたって、戦後はじめて北朝鮮を訪問された。実はその時、斎藤先生の他に大塚初重先生と私の三名が北朝鮮から招請を受けた。大塚先生と私は公務の都合で日程調整がつかず、斎藤先生お一人の訪朝となったのである。先生のご出発の前夜であったろうか、先生から「結局、自分一人で行ってくるよ」とお電話をいただいた。ちなみに私は、一九九五年七月二五日付けの朝鮮民主主義人民共和国社会科学院院長・金錫亨（押印）の招請状をいまも大切に保管している。

斎藤先生は訪朝後、僅か半年という短期間に、『北朝鮮考古学の新発見』（一九九六、雄山閣出版）を著わされ、北朝鮮考古学界の最新の成果を紹介された（西谷正「書評」『季刊考古学』第五七号、一九九六、雄山閣出版）。そして、その二年後には再び、社会科学院の招請により、一〇月一三日から二一日まで、大正大学の一行と共に訪朝された。そのときは、高麗仏教の考古学的研究が目的で、高麗時代の名刹何カ寺かの遺跡を視察された。そのうち、霊通寺は、高麗の首都があった開城の市街地から、北東に一〇㎞余り離れた山中に立地する。同寺は高麗時代初期に創建され、歴代王室の庇護を受けた。数次にわたって改築、拡張され、隆盛時には五〇〇名の僧侶を擁したといわれる。そのような名刹であっただけに先生の関心がひとしお大きかったと思われ、徒歩で三時間と言われる山道を、幸い社会科学院が用意したトラクターに乗って踏査された。御歳八九歳のときである。結果的にはその踏査が予備調査となって、翌一九九八（平成一〇）年から一九九九年まで四次にわたり、社会科学院と大正大学による日朝の共同発掘調査が戦後はじめて実施されるという、画期的な学術交流を成し遂げられた（大正大学総合仏教研究所編『霊通寺跡－開城市所在－』二〇〇五、大正大学出版会）。ちなみに私は昨年（二〇一二）四月二一日に同寺へは整備された道をマイクロバスで行ったのであるが、立派に復元整備がなされていた。

その間、私が福岡で斎藤先生にお目にかかったのは、一九九五（平成七）年六月二九日に、嘉穂郡桂川町の特別史跡・王塚古墳にご案内したときのことである。近くの食堂での昼食時に、恐る恐る御酒のお伺いを立てたところ、それならビールを一口、といわれて口にされたのが印象的であった。また、一九九〇年度から二〇〇四年までの一五年間にわたって、財団法人韓国文化研究振興財団の理事会の折に、東京でしばしばご一緒させていただいた。先生は、会議の始まる前に少し早く事務所に来られ、私達が雑談している間も書庫に入られて文献資料を渉猟されているお姿をいくどとなくお見かけした。先生の好奇心と探究心の大きさは、私など凡人にはとてもまねができないと、そんな面にも先生の偉大さを感じたことであった。

（『考古学ジャーナル』No.650、二〇一三）

一九九一（平成三）年創設の雄山閣考古学賞は、一〇年間にわたって九回の授賞歴がある。その間、年一回開かれる選考委員会に出席することは、とても楽しみであった。まず、そのつど数多くの最新の研究業績に出合い、胸躍る思いでそれらを学ぶことができた。そして、委員会では最年少で末席に連なる私としては、委員長の斎藤忠先生をはじめ、専門分野を異にする諸碩学の謦咳に接することができたことに幸せを感じたことであった。

斎藤忠先生とともに王塚装飾古墳館にて（1995年６月29日）

ところで、考古学賞受賞者の業績を振り返ると、第一回は小田富士雄・韓炳三両氏編の『日韓交渉の考古学－弥生時代編－』で、結果的には韓国・日韓考古学に係わりの深い斎藤先生にとって、内心お喜びではなかったかと憶測する。同じ文脈でいえば、斎藤先生は早くから歴史時代とくに中・近世の考古学にも力を入れておられたので、第二回の橋本久和氏の『中世土器研究序論』や、第五回特別賞の河瀬正利氏による『たたら吹製鉄の技術と構造の考古学的研究』の受賞は、斎藤先生にとっても慶事であったろう。それにつけても、第五回の田中良之氏の『古墳時代親族構造の研究－人骨が語る古代社会－』をはじめ、古墳時代に関する受賞がもっとも多かったのは、旧石器時代のそれが皆無であったことに比べて、古墳時代を主要な研究分野とされた斎藤先生にとってご満足ではなかったろうか。

とはいえ、選考はきわめて公平・中立かつ慎重に進められ、斎藤先生の私情が入り込む余地はまったくなかったことはいうまでもないことである。

ただ、委員の中には、個性の強い先生もおられて、選考過程で議論が沸いたこともあったが、最後は斎藤先生の見事な采配により、満場一致で受賞者が決まったように思い起こされる。

なお、別の機会にもお見かけしたことであったが、選考委員会が始まるまで、寸暇を惜しまれるかのように、会議室の書棚に並ぶ文献資料を渉猟されていたお姿は印象的であった。

（『季刊考古学』第一二六号、二〇一四）

原田大六先生

九州関係ではお二方、糸島市の原田大六先生と久留米市の田中幸夫先生は、それぞれ強烈さと温厚さと対照的であったが、いまでもときどき想い出すことがある。

まず、原田大六先生については、平原遺跡の発掘や三雲遺跡発掘調査指導委員会などに想い出深いものがある。伊都国歴史博物館では、二〇〇六（平成一八）年に平原遺跡の出土品の一括国宝指定が決まったとき、記念の特別展を開催した。その折の図録に以下のような「原田大六先生の思い出」というエッセイを寄稿した。

去る二〇〇六（平成一八）年六月九日の官報告示をもって、平原王墓出土品一括に対して「福岡県平原方形周溝墓出土品」の名称で国宝指定が正式に決まった。思えば平原遺跡が一九六五（昭和四〇）年の一月に当時の前原町大字有田でみかん畑において植苗中、偶然に発見されて以来四一年目の慶事である。

銅鏡の第一発見者であった井手信英さんご一家からの知らせが、糸島高校の大神邦博教諭を通じて原田大六先生のもとに届き、五月まで本格的な発掘調査が行われた結果、平原遺跡が全国的にも大きな話題を呼ぶようになったわけである。

それは何よりも弥生時代から古墳時代にかけて、一つの遺跡から四〇面分という最多の銅鏡出土例として、また、その中にその時代としては直径四六・五㎝という国内で最大の大きさの銅鏡が含まれていた点にある。そればかりか、大六先生と敬愛の念を持って呼ばせていただく、学問に対する人並みはずれた情熱と強烈な個性の持ち主によるご苦労の賜物であった。

私が、大型鏡発見の報に接したのは、発見後間もない一九六五（昭和四〇）年の後半期のことであった。当時、私は京都大学の考古学研究室に大学院生として在籍していたが、九州から岡崎敬先生が訪ねて来られたからといって、小林行雄先生に連れられて百万遍近くの駸々堂でコーヒーを飲みながら平原の大型鏡のことが話題になった。私の記憶に間違いがなければ、岡崎先生が仕上がりのよさから舶載式鏡ではないかと言われたのに対し、小林先生は銅鐸の鋳造技術からいっても国産説を披瀝されていたように思い起こされる。

それはそれとして、私が大六先生にはじめてお目にかかったのは一九六九（昭和四四）年五月二二日、ご自宅の玄関先においてである。当時、京都大学に留学中であった韓国・国立博物館の韓炳三氏（後に国立中央博物館館長）を案内しての九州旅行の途次、九州大学に立ち寄り、大学院生の下條信行（後、愛媛大学名誉教授）・春成秀爾（後、国立歴史民俗博物館名誉教授）両氏とともに、ご自宅に伺った。それは、志登支石墓群を見学した後、出土品の磨製石鏃を見たいと志登支石墓群収蔵庫（当時）に行ったところ、鍵がかかって閉館していたので、鍵を持っておられた大六先生を訪ねたわけである。ところが、その当時、大六先生は平原遺跡の出土銅鏡を収蔵庫で整理しておられた関係上、磨製石鏃を見ることができなかったばかりか、大六先生が大嫌いの官学アカデミズムの京大と九大の関係者が遣って来たというわけで、言葉荒げに追い返されたという記憶が残っている。

三雲南小路遺跡２号棺の前に立つ原田大六先生
（1975年12月19日）

その後、時が流れていつのことであったかはっきりと覚えていないが、愛知県の一宮市から旧知の岩野見司氏が来られ、大六先生を訪問されたいということで、すでに福岡に在住していた私は同道することとなった。その際は、先の一件を大六先生はまったく覚えておられなかったようで、ご自宅に私財を投げうって建てられていた平原

三雲区公民館における三雲遺跡発掘調査指導委員会にて。
右から委員長の原田大六先生、福岡県教育委員会文化課の藤井功課長、
九州大学医学部の永井昌文先生（1975年11月14日）

遺跡出土品復元室に迎え入れて頂いて、整理の真っ只中にあった方格規矩鏡の何枚かについて情熱的にご説明頂いた上、昼食にご自宅近くの料理屋で天ぷら定食のご馳走まで戴いたことである。

それから間もなくして計らずも、仕事でご一緒させて頂くという幸運に恵まれた。それは、三雲地区県営圃場整備事業に伴って一九七四（昭和四九）年から始まった緊急調査に際し、大六先生が委員長に就任された指導委員会の委員の末席に連なることになったからである。確か同委員会の発会式の当日には、坪井清足・副委員長ほか委員たちがご自宅での夕食会に招かれ、また、大型鏡のレプリカを全員が頂いた。ちなみに、そのとき頂いた私の大型鏡は、十年ほど前に、佐賀県立名護屋城博物館へ寄贈しているので、いまは私の手元にない。

それが切っ掛けで、その後、九州大学の私の研究室にお訪ね頂くなど、大六先生に何度となくお目にかかれることになり、そのつど独創的なお説に接したり、ご著書を何冊も頂くことになっていった。晩年に暖めておられた構想として、平原遺跡の被葬者像をさらに進めて、三雲南小路遺跡や須玖岡本遺跡の甕棺墓の被葬者とともに、倭王（筑紫大王）と位置づけた上で、成人用大型甕棺墓の分布範囲

をその版図と考えられていたことが想い出される。

　ところで、私が国内各地で伊都国歴史博物館館長の名刺を差し出すと、かならずといっていいほど、伊都国といえば原田大六先生、大六先生といえば平原と大鏡といった反応が返ってくる。それほど伊都国にとって大六先生と平原・大鏡の存在は大きい。そのような評価をもたらしたのは、大六先生が平原遺跡発掘調査後一年少し経って、『実在した神話―発掘された「平原弥生古墳」―』を発刊され、全国にいち早く調査と研究の成果を発信されたことによるところが大きいと思う。そして、調査後二六年ぶりとはいえ一九九一（平成三）年に、大冊の研究報告書『平原弥生古墳―大日孁貴《おおひるめのむち》の墓―』が発刊されて、平原遺跡の重要性が改めて再認識された。その報告書の今日的意義や、大六先生の偉業などについては、一九九八年に学生社から出版された『新装版　実在した神話』において、渡邉正氣《せいき》氏が詳細かつ的確に解説されているので、一読を勧めたい。ともあれ、大六先生のご業績は、平原遺跡をめぐる成果にとどまらないことはいうまでもない。さきの解説の中で渡邉氏が指摘されているように、大六先生が最も力を入れておられたのは、北部九州における弥生時代の研究であり、それを通して日本国家の起源を解明することであった。事実、処女作の『日本古墳文化―奴国王の環境―』（一九五四）に始まり、『邪馬台国論争』（一九六九）や、『日本国家の起原』上・下（一九七五・一九七六）などのご著作によって、ご研究の成果は結実している。そればかりか、原田古代学の幅の広さは、『万葉集点晴』一・二（一九七四・一九七五）や『阿弥陀仏経碑の謎―浄土門と宗像大宮司家―』（一九八四）などのご著書を通して知ることができる。とくに、後者の阿弥陀仏経碑に関するご研究は学位請求論文として準備されていたもので、そのご相談を受けたこともあったが、諸般の事情で実現しなかったことは悔やまれる。

間もなく来年（二〇〇七）元旦には、大六先生の生誕九〇周年を迎える。私どもの伊都国歴史博物館を訪れてくれる、伊都国の後裔に当たる子供たちに接しながら、第二の原田大六先生の誕生を夢見る今日このごろである。

（伊都国歴史博物館編『平原遺跡出土品 国宝指定記念特別展　大鏡が映した世界』二〇〇六）

田中幸夫先生

次に、田中幸夫先生とは、私が福岡県教委時代に数年間、種々お世話になった。その後、時が流れてずっと後年に、九州歴史資料館や海の道むなかた館との関係でふたたび接点が生じることになった。その間の事情は次の文章を参考にしていただきたい。

私が田中幸夫先生にはじめてお目にかかったのは、四五年ほど前の一九六九（昭和四四）年ごろであったと記憶する。当時、福岡県教育委員会に文化課が発足するに際して、私は奈良国立文化財研究所から転勤して来た。そして、九州縦貫自動車道の建設工事に先立つ埋蔵文化財の緊急発掘調査を担当することになった。まず着手したのは久留米市付近の遺跡群であった。そこで、道路工事対象地域の分布調査や情報収集を行ったが、その際に浮上したのが、田中幸夫先生の長年にわたる足跡であった。そのころ先生は、久留米高校長を最後に教員生活に終止符を打たれ、石橋美術館主事の立場にあられたが、筑後地方の遺跡などについて種々ご教示を頂いたことを思い出す。

ところで、一九八〇（昭和五五）年四月三日に、国立博物館の九州への誘致を目指して、博物館等建設推進会議が発足し、誘致運動が本格化した。そのことを受け翌年には、田中先生は永年にわたって保存されていた貴重な文化財約三〇〇〇点の九州国立博物館への一括寄贈を申し出られた。このことが事実上の寄贈第一号となり、誘致運動にはずみがついたことを忘れてはならない。結果的には、九州国立博物館が実現するまで、福岡県立の九州歴史資料館に委託された。その後、正式に寄贈を受け、現在に至っている。ちなみに、九州歴史資料館の所蔵品は、田中幸夫コレクションも含めて、随時、九州国立博物館に出陳されることになっている。

九州歴史資料館では、私が館長を務めていた二〇一三（平成二五）年一月一六日から四月七日まで、第一三回企画展として「筑後考古学研究の黎明－田中幸夫コレクション展－」を開催した。田中先生は昭和時代の初期から戦後にかけて、福岡県内の旧制女学校や新制高校で教鞭をとりながら、考古学の調査・研究に携わられ、九州考古学の草創期を語る上で欠くことのできない存在である。前述の企画展では、先生が浮羽郡ご出身ということもあって、もっとも深く係わられた筑後地方の出土品を中心に、同地方の考古学調査・研究の黎明期を飾る資料の数々を展示したが、私個人にとっても先生の学恩にいささかでも報いられたのではなかったかと心密に思っている。なお、企画展の会期中には、ご次男の田中正日子《まさひこ》先生に、第一一回九歴講座として「私の父田中幸夫と筑紫の古代史」と題するご講演をいただいたが、今回の私ども海の道むなかた館平成二六年度春の特別展「田中幸夫と古代の宗像」においてもご講演をお願いするなど、個人的にも田中先生親子二代にわたる学恩に改めて深甚な

海の道むなかた館平成26年度春の特別展チラシ

る感謝の誠を捧げたい気持ちで一杯である。

さて、前置きが長くなったが、ここで「田中幸夫先生と宗像」に限って現代的意義を語るとき、先生の研究業績は全国的に見て、大きく四つの話題を取り上げたい。まず、宗像高等女学校の教員であった一九三四（昭和九）年一一月末における鐘崎貝塚の発掘がある。農民の通報を受けて発掘された旧玄海町上八《こうじょう》の同遺跡に対して、上八貝塚では誰も読めまいとの田中先生の思いから、九州考古学会では鐘崎貝塚の呼称で調査成果が発表されたが、その反響は東京考古学会にも届いた。その後、鐘崎貝塚出土の縄文土器は、鐘崎式土器の名で、九州の縄文時代後期前半の指標型式として、現在に至っている。このように田中先生の調査成果は、九州の縄文土器の編年研究の礎の一つを築かれたことになる。

次に、田中先生は鐘崎貝塚発掘の前年に当たる一九三三（昭和八）年には、田熊石畑《たぐまいしはたけ》遺跡を発見された。当時、宗像高等女学校に勤務されていた田中先生は、新運動場拡張工事に際し、弥生時代の土器や石器を採集されたのであった。そのことがあって、七五年後の二〇〇八（平成二〇）年における大規模で本格的な発掘調査へとつながった。この発掘は、大型商業施設の建設工事に先立つ緊急調査として実施された。調査の結果、弥生時代の環濠と区画墓のほか、古墳時代の掘立柱建物倉庫群などの遺構群と、多量の青銅製武器・装身具をはじめ尨大な量の土器などの遺物が発見された。このような遺跡の重要性に鑑みて遺跡は保存され、国指定の史跡になるばかりか、青銅製武器・装身具は国の重要文化財に答申された。なお、遺跡は史跡公園「いせきんぐ宗像」として整備され、二〇一五年にグランド・オープンした。

そして、田中先生は、一九三四（昭和九）年夏に宗像神社の沖ノ島参拝団の講師としてはじめて沖ノ島に渡り、調査されたが、そのときの成果は、翌年に「筑前沖ツ宮の石製模造品」と題して『考古学雑誌』に発表され、祭祀遺跡の重要性を全国に発信された。その結果、本格的な学術調査の必要性が叫ばれるようになった。調査が実現するのは戦後の一九五一年のことであるが、宗像大社史編纂の一環として実施されたことはよく知られるところである。それも、それから一七年前における田中先生の調査が発端となっているのである。現在、福岡県・宗像市・福津市が一丸となって、「宗像・沖ノ島と関連遺産群」の世界文化遺産登録を目指して、推進運動を展開しているが、いわば井戸を掘られた田中先生の功績を忘れてはならない。

さらに、田中先生のご業績でもう一つ触れておかねばならないのは、宗像郷土館の開設である。先生が収集された考古資料だけでも宗像高女の展示室に入り切れないほどになったことが、直接の契機となったようである。先生は、一九三六（昭和一一）年に出版された『宗像の旅』の収益金を元手に、当時の郡町村会長に郷土資料館づくりを頼み込み、募金活動が始まった。先生は夏休みを返上して、出光佐三や広田弘毅首相ら知名人を全国に訪ね、支援を求められた。その結果、建設基金は三万二九六四円五〇銭、現在に換算すると、約一億三〇〇〇万円という巨額に達した。こうして昭和一二年九月、工事に着工、青年団や女生徒・婦人会の勤労奉仕もあって、翌年一〇月二九日に鉄筋神殿造りの郡立宗像郷土館が完成、翌一四年に開館した。郡民みんなで造った郷土館ではあったが、戦後は一時、東郷簡易裁判所として使われるなど、博物館としての機能は失われるばかりか、散逸した資料は測り知れない。やがて宗像びとの心を結集した郷土館は廃墟と化したが、浮羽郡の地から寄せられた田中先生の訴えに、心打たれた人はいなかったのであろうか。田中先生は、一九八一年五月二〇日付『西日本新聞』に地域からの提言として、「『郷土館』再興の願い」を寄稿し、次のように結ばれている。「真に誇り高い地域を創造するには、カネの側面だけを重視せずに〝心の建設〟にこそ着手すべきではないか。宗像〝郷土館〟の再興、宗像文化のルネサンスを心から切望する」と。

私ども宗像市郷土文化学習交流館「海の道むなかた館」は、田中先生の訴えから三三年目のいま、「郷土館」再興の意味も込めて、開館三年目に当たる春の特別編として、「田中幸夫と古代の宗像―田熊石畑遺跡の発見者―」を企画した。ここに私どもスタッフ一同は、田中幸夫先生のご功績を顕彰するとともに、先生が蒔かれた種を大きく育て上げてゆきたいという思いに駆られるのである。

（海の道むなかた館編『田中幸夫と古代の宗像―田熊石畑遺跡の発見者―』平成二六年度春の特別展〔図録〕、二〇一四）

金　元龍先生

本章の最後に、外国とりわけ韓国と中国の先生方を取り上げる。まず、金元龍先生は私の青年期から生涯にわたって、師と仰いだ方である。一九七九（昭和五四）年八月にソウル大学校での一年間の留学を終えて帰国するとき、休石という雅号をいただいた。私にとっては、博士号に匹敵するほどの重みのあるものであった。先生は文人画・書家としても知られるが、横長の額に松林が描かれ、最後に毛筆で左記のように書かれていた。

西谷休石先生
　休美也善也又音通九
　九州石器人之義也
　　一九七九年八月　三佛

ちなみに、三佛は金元龍先生の雅号で、私たち弟子どもは、敬愛の念を込めて、三佛先生と呼んでいる。金元龍先生に関して、一九九二（平成四）年度の第三回福岡アジア文化賞大賞の贈賞理由をはじめとして、一九九四年の『考古学ジャーナル』№３７２の追悼文など五編を草しているが、そのうち三編を以下に掲げる。

金元龍氏は、現代のアジアを代表する考古学・美術史学者の一人である。同氏がフィールドとする朝鮮半島における考古学の調査と研究は、第二次世界大戦まで、日本人によって行われてきた。終戦後、当然のことながら朝鮮半島の人々の手によって考古学的調査・研究が行われるようになると、金氏は先頭に立って新しい考古学の体系を創造し、構築してきた。同氏は、考古学におけるもっとも基礎的で、重要な課題である土器編年に関して、いち早く三国時代の新羅土器を素材として実践し、その後の方向性の一端を示した。そして、各地で重要遺跡の調査に従事しながら、さらに美術史学の分野へと研究領域に広がりを見せたのである。そうした蓄積の成果は、一九七〇(昭和四五)年前後に相次いで、『韓国美術史』と『韓国考古学概論』として結実した。それらは、第二次世界大戦後、韓国人によってはじめて考古学・美術史学の体系化と基盤形成を達成したものとして評価できる。その後も、たとえば旧石器時代の全谷里遺跡や百済の武寧王陵の発掘調査を指揮し、その研究成果を通じて、朝鮮半島の悠久で独自な歴史と文化、ならびに、法則性もしくは国際性を世界に知らしめた。

そのような金元龍氏の学問的業績は、主として『韓国考古学研究』や『韓国美術史研究』の二つの大著に収められているが、そこに流れる視点は、朝鮮半島の考古学・美術史学を東アジア全体の中で位置づけようとするものである。そのことは、中国はもちろん日本の古代文化への深い関心にもつながるが、とりわけ高松塚古墳・藤ノ木古墳そして吉野ヶ里遺跡の理解に際して、東アジアの中での朝鮮半島と日本列島の密接な関連性に、幾多の傾聴すべき指摘となって現われている。

一方、金元龍氏は、韓国における学術・文化に関する多くの要職を歴任し、また、日本をはじめアメリカ・ヨーロッパで講演や講義を行うなど、韓国内外の後進の育成に努め、学問研究の啓蒙に大きく寄与している。

このように、金元龍氏の功績は、韓国の考古学・美術史学を東アジアの視野で体系化し、その発展に大きな貢献を果たしたばかりでなく、アジアの文化の意義を広く世界に示したと評価できるものであり、まさしく「福岡アジア文化賞――大賞」に相応しい業績といえる。

（一九九二年度第三回福岡アジア文化賞贈賞理由）

金元龍先生（右端）と著者の家族（1978年8月、ソウル大学校にて）

一九九二（平成四）年一〇月二六日、沖縄での国際会議から帰国されたばかりの金元龍先生に、ソウルの金浦空港でばったりとお目にかかった。それが先生にお会いした最後となってしまった。その後、肺がん末期の告知を受けられた患者としてご療養中のアメリカからお手紙を受け取ったのは、一二月二一日のことであった。現代の偉大な国際派考古学・美術史学者を亡くしたことは痛恨の極みであり、心からご冥福をお祈り申し上げたい。
金元龍先生は、解放後の新しい韓国考古学・美術史学の体系化のため、先頭に立って創造的な活動を行って来られた。三国時代の新羅土器を素材に、土器編年をはじめとする基礎的で重要な課題に着手されたのを手始めに、各地の主な遺跡を手掛けられると同時に、美術史学の分野へも研究領域を広げられた。その間の成果は、一九七〇（昭和四五）年前後に『韓国考古学概説』といった名著として結実した。その後も旧石器時代の全谷里遺跡や百済の武寧王陵の発掘調査を陣頭指揮され、それらの研究成果を通じて、朝鮮独自の歴史と文化にみられる悠久性・法則性ならびに国際性の認識を世界に向けて発信された。

そのご業績は『韓国考古学研究』や『韓国美術史研究』のほか、多数のご著作からうかがい知ることができる。そこに流れる視点は、韓国の考古学・美術史学を東アジア全体の中で位置づけてこられたことにある。そのため中国や日本の考古学・美術史学にも造詣が深く、たとえば高松塚・藤ノ木両古墳や吉野ヶ里遺跡の発見の際にも、そのつど高い見識を披瀝された。

一方、先生は韓国で科学者・教育者として要職を歴任された。その間に学び育った後進は、韓国はもちろん国外でも数多く活躍している。先生はまたユーモアあふれる人間味豊かなエッセイストとしても知られ、同時に書画をこよなく愛し、かつ創作された。それらの作品には文人としての面目躍如たるものがある。

ご遺言によって、遺灰の一部は韓国の大河漢江に流されると聞く。学問・人間ともに魅力に満ちた巨人の思想と行動は、東アジアの多くの人びとの心の中で生き続けるであろう。

（一九九三年一一月一八日付『朝日新聞』）

私は、去る二〇〇三（平成一五）年六月二一日から二六日まで、ワシントンＤＣのカソリック大学で開かれた、第五回世界考古学会議に出席した。今回は、文字どおり世界の各地から一〇〇〇人前後の研究者が参加し、最新の調査・研究の成果を発表し、意見交換を行った。会議は二六のテーマに及んだが、デジタル・ジェンダー・戦争・環境などをキーワードとするテーマは、現代考古学が抱える課題として、今回の大きな特徴といえよう。

そのうち、私は世界各地の研究成果をテーマとするセッションの中の「韓国考古学における最近の成果―金元龍博士一〇周忌追悼記念―」において、「古代における日韓の文化関係」を発表した。

このセッションを通じて実感したのは、韓国考古学の父と呼ばれる金博士が蒔かれた種が、後進によって着実かつ確かに実を結びつつあることだった。たとえば、金博士が発掘調査を指揮された、京畿道・全谷里の旧石器文化が前期段階のものであることを追認し、なお地質や年代について自然科学の分野も含めた総合的な研究の必要性が強調された。また、近くの元堂里において新たに発掘された前期旧石器文化が発表された。朝鮮半島中西部における前期旧石器文化の存在は、氷河時代に対馬海峡に陸橋を想定すると、捏造問題で霧散したとはいえ、日本における前期旧石器文化の発見の可能性を示唆するものである。

忠清北道の垂楊介の後期旧石器文化に対して、地質学、環境学、古生物学など自然科学分野の学際的研究の成果は、約二万年前のマツを主体とした植物相やオオツノジカなどの動物相など当時の環境を復元した。この垂楊介に特徴的な槍先として使われた剝片尖頭器は、九州全域に分布する剝片尖頭器の起源と考えられ、九州でも総合的な研究の必要性を痛感した。

また、金博士は考古学における土器の型式変化で相対年代を決める土器編年の重要性に鑑みて、新羅土器による編年の先駆的業績を残された。今回の学会では、ソウル郊外の峨嵯山出土品を素材に、

佐賀県立名護屋城博物館（1993年11月18日）

中国・集安などの土器も加えて高句麗土器の編年が、韓国ではじめて提示された。日本古墳文化における五世紀の初期須恵器や馬具、甲冑などの源流が韓国・加耶に求められること、中国東北地方の新石器文化の櫛目文土器が韓国へ伝播する過程なども発表された。ちなみに韓国の櫛目文土器は九州北部でも発見される。

　ところで、金博士の研究はオールラウンドであったが、その業績は『韓国考古学概説』『韓国美術史』といった概説書のほか、『韓国考古学研究』や『韓国美術史研究』のような論文集など、多数の著作によって知られる。それらを通して、戦後、韓国人によってはじめて考古学・美術史学の体系化が達成された。現在、日本もそうであるが、研究分野の細分化が進んでいる状況を見ると、金博士のような総合的な視野が私たち後進に求められるのではなかろうか。

　金博士はまた、ニューヨーク大学での留学に加えて、ロンドン大学でも研修を積まれた国際派学者であったが、冷戦時代の困難な国際環境にあって、つねに中国や日本に深い関心をもたれていた。そして、東アジアの中での韓国考古学という視点に立っておられた。たとえば、奈良県の高松塚・藤ノ木両古墳や佐賀県の吉野ヶ里遺跡に対して、東アジアの視野で傾聴すべき卓見を少なからず披瀝された。

豊臣秀吉の朝鮮への侵略拠点であった肥前名護屋城跡のそばに、佐賀県立名護屋城博物館を一九九三（平成五）年に開設するに当たって、「博物館建設が失敗すれば両国関係の修復は一〇〇年遅れる」として、積極的に協力されたことは、関係者の間でいまも語り草となっている。また、第三回福岡アジア文化賞大賞も受賞された。

日韓考古学の学術交流、ならびに韓国を中心とした東アジア考古学研究で大きな功績を残された金博士の遺志は、後進によって継承され、発展している。（二〇〇三年七月五日付『朝日新聞』夕刊）

金　基雄先生

次に、金元龍先生と同世代の金基雄先生を紹介する。先生は朝鮮半島の古墳文化の専門家として、ご著作が日本語訳されていて、よく知られる方である。一九九六（平成八）年二月に亡くなった折、「金基雄先生を追悼して」の短文を捧げているので、以下に再録しておく。

私が金基雄先生のご尊名をはじめて知ったのは、確か一九六八（昭和四三）年の秋のことであった。日本の文部省の在外研究員の資格で、当時、ソウルの徳寿宮にあった国立博物館で研究していたとき、東大門付近の古書店で先生のご著書『歴史学概論』（一九六一、正音社、ソウル）を目にしたのであった。その後、先生の論文と著書を読むうちに、ぜひ一度お目にかかって直接、ご指導をいただきたいと思うようになった。

その後、金基雄先生にはじめてお目にかかったのがいつのことであったか憶えていないほど経ってからのことであるが、振り返ってみると、一九七八（昭和五三）年夏から一年間、ソウル大学校博物館に訪問研究員として韓国に留学中の九月七日、鍾路の「雲情」という韓国料理店で、江坂輝弥先生がご一緒の尹世英先生と林炳泰先生からご紹介していただいて、先生にはじめてお目にかかったことになる。私は先生の代表的な著作の三部作というべき『新羅の古墳』と『百済の古墳』（一九七六、学生社、東京）、『伽耶の古墳』（一九七八、同社）のほかに、『朝鮮半島の壁画古墳』（一九八〇、六興出版、東京）などはいつも座右に置いて利用させていただいている。

その後も、一九八〇（昭和五五）年五月四日に、大阪で開かれた「古代を考える会」主催の創立五周年記念の第二五回例会の「百済文化の検討」や、一九八八年三月一二日に福岡で催された福岡県教育委員会主催の第二回国際シンポジウム「九州における古墳文化と朝鮮半島」などにご一緒し、先生のご指導を受けることもあった。また、私が韓国を訪問したときに、何度となくお邪魔したにも拘らず、いつも温かく迎えて下さり、韓国考古学界の最新情報をそのつどご教示下さった。あるとき、先生の事務室があった文化財研究所の文化財委員室をお訪ねしたところ、書架にあった蔵書の中から必要なものがあれば、何でも持って行きなさいとおっしゃっていただいたので、お言葉に甘えて『夢村土城発掘調査報告』（一九八五）をいただいて帰ったこともあった。このように振り返ってみると、先生からお受けした学恩には測り知れないものがあるといえよう。

それのみならず、私には学問とは別にも、格別にお世話になったことがある。私が初代館長を務めていた佐賀県立名護屋城博物館は、壬辰・丁酉倭乱（文禄・慶長の役）、すなわち、豊臣秀吉による朝鮮侵略時に出兵拠点となった肥前名護屋城の城跡に建設された。この博物館は、一九九三（平成五）年一〇月三〇日に開館したが、特別史跡の保存整備事業、日本列島と朝鮮半島との交流史に関する常設展示、そして、朝鮮半島との友好・交流事業の推進などを目的としている。そのことが前提で、四〇〇年余り昔の侵略戦争の実態を明確にし、それに基づいて、両地域の相互理解を深化させ、未来指向の新しい友好と平和の関係を構築していこうとする姿勢を明確にしている。このような博物館の開館に至る過程において、金基雄先生を顧問にお迎えし、適切なご指導とご助言をいただいた。

先生と最後にお目にかかったのは、一九九五（平成七）年一〇月二〇日、江陵においてであった。そのとき、進行中の地境里や柯坪里遺跡発掘の指導委員会でお目にかかった先生と食事を共にさせていただいた。そのとき、金元龍先生は亡くなっていたが、ご自分はもう五年はお仕事をしたいとおっしゃっていたことが思い起こされる。

その後の二月四日、思いがけずも金基雄先生のご逝去の訃報に接した。そして、風納洞のご遺族宅を弔問したのは三月五日であった。金基雄先生のご冥福を心から深く深くお祈りしたことであった。

（『韓国考古消息』第九六―二号、一九九六、韓国考古学会）

王　仲殊先生

中国では、とくにお二方の先生のことが忘れられない。まず、そのお一人は王仲殊先生である。私の訪中時にはかならず、社会科学院の考古研究所に王先生を表敬訪問した（一七七頁写真参照）。また、先生とはご講演やシンポジウムなどで、よくご一緒させていただいた。さらに、一九九六（平成八）年度の第七回福岡アジア文化賞では大賞を受賞されている。その際、私は選考委員として贈賞理由を書いているので、その内容を次に記しておきたい。

王仲殊氏は、現代アジアを代表する考古学者の一人として、国際的にも高い評価を受けている。同氏は、一九二五（大正一四）年に浙江省寧波市で生まれたが、一九五〇（昭和二五）年に北京大学歴史系を卒業すると同時に、当時の中国科学院考古研究所に入所した。それ以来、一貫して中国大陸各地の重要遺跡の発掘調査に従事し、中国考古学の確立に努力してきた。

研究領域は、主として戦国・秦・漢から隋・唐の時代までを包括し、都城・墳墓・銅鏡などの諸分野において顕著な業績を上げた。研究の手法は、遺跡の発掘を通じて得られた遺構や遺物という考古資料と、比較的豊富に遺存する文献史料を統一的に分析し、論証する点に特徴が見られる。

これまでに同氏が主導した中国考古学史に残る発掘調査には、河南省輝県固囲村の戦国時代中期の魏国の大型墓や、河北省満城県の前漢中期の中山靖王劉勝夫妻墓など数多くあり、それらの研究成果は中国内外の考古学界のみならず歴史学界にも大きな影響力を示した。

また、永年にわたる研究の蓄積を踏まえて、漢代考古学・中国古代都城制と墓制などに関する概説書を著して、啓蒙的な側面でも貢献した。こうして、現在に見るような中国考古学界の発展に指導的な役割を果たして来られたのである。

一方、一九七二（昭和四七）年の高松塚古墳の発見を契機として、王氏は日本の考古学・古代史へ強い関心を寄せるようになった。その結果、三角縁神獣鏡や高松塚古墳、さらには日本古代都城制の源流に関する研究などを通じて、古代の日本と中国の交流史の解明に独自の見解を提起した。特に、日本の前期古墳から出土する三角縁神獣鏡については、卑弥呼の使者が魏の朝廷から下賜されたものとする従来の通説に対して、当時日本に渡来した呉の工人が日本で製作したものであるという新説を提唱するなど、常に斬新で独創的な学説を披瀝して、日本の考古学・歴史学界に大きな衝撃を与えた。

アジア史学会第13回（北京）研究大会にて。左から大塚初重先生、王仲殊先生、著者、中国社会科学院の王巍考古研究所長（2004年11月、大塚先生ご提供）

王氏はまた、中国における学術・文化財保護・国際交流などに関わる幾多の要職を歴任してきたほか、日本や韓国における国際会議出席やアメリカの大学での講義などを通じて達成された、中国内外の学問研究の発展と普及、ならびに、後進の育成など多方面にわたる功績は多大である。

このように、王仲殊氏は、中国考古学の体系化はもとより、古代日中交流史の解明に大きな貢献を果たしたばかりでなく、アジアの文化の意義を広く世界に示したと評価できるものであり、まさしく「福岡アジア文化賞――大賞」にふさわしい業績といえる。

安　志敏先生

王仲殊先生が考古研究所長のとき、副所長を務められたのが、安志敏先生であった。王先生は、二〇一五（平成二七）年九月二四日に八九歳で亡くなったが、安先生はそれより早く一〇年前の二〇〇五年に亡くなっている。その折の私の追悼文を次に掲げておく。

確か昨年（二〇〇五）九月一日に、文化庁の文化審議会文化財分科会第三専門調査会の視察旅行で福島県に出張していたとき、同行の奈良国立文化財研究所の町田章所長から、安志敏先生の訃報を知らされた。一昨年（二〇〇四）九月に、アジア史学会北京大会でご一緒させていただいたときは、いつものようにお元気で研究報告をされていただけに、突然のこととて驚きを禁じえなかった。そして、はるか遠く北京に思いを馳せ、哀悼の誠を捧げたことである。

ところで、私がはじめて安志敏先生のお名前を知ったのは、二〇歳前後の大学生時代前半期のことであったと想い起こされるので、五〇年近く昔にさかのぼる。当時、錚々たる学者群からなる日本考古学協会に対して、若手研究者が、青考協つまり、確か正式名を関西青年考古学協議会と称したと記憶するが、そのような集団を組織していた。そして、ガリ版刷りの機関紙を発行したが、そこに安志敏先生の一文が寄せられていたように思う。その内容は全く覚えていないが、新中国の考古学界に颯爽と登場され、煌星のように輝いておられた少壮学者に憧れを抱いたことを想い出す。

それから十数年後、私ははじめて安志敏先生にお目にかかった。確か中国考古学者訪日代表団の一員として、九州に来られたとき、上司の岡崎敬・九州大学教授とご一緒にお目にかかった。その後、私が訪中するときは、必ずといっていいほど、安志敏先生が副所長も経験されたことがある中国社会科学院考古研究所を表敬訪問したが、そのつどお目にかかったり、学会などの場でいろいろと教えていただいた。

安志敏先生（中央）。右は当時、宮城学院女子大学の工藤雅樹助教授、左は著者（1981年10月）

さて、安志敏先生といえば、中国考古学界の重鎮として、とくに先史考古学の分野で大きな業績を残され、『中国新石器時代論集』（一九八二、文物出版社）などに結実している。また、後進が捧げた献呈論文集『桃李成蹊集―慶祝安志敏先生八十壽辰―』（二〇〇四、香港中文大学中国考古芸術研究中心）を見ると、先生の交友の広さと影響力の大きさが窺える。一方、鳥居龍蔵先生の指導を受けられた関係もあってか、日本語が堪能であられ、また、原始・古代の日本にも大きな関心を寄せられた。ことに、一九八九（平成元）年に全国的に話題となった吉野ヶ里遺跡の発見から数年間は、東アジア文化交流振興協会のプロジェクトでたびたび佐賀に来られてシンポジウムなどで論陣を張られた。日中交流史に関して、私たちは先生から多くのご教示をいただき、また、大きな刺激を受けた。それればかりか、一昨年のアジア史学会北京大会におけるご報告のように、高句麗・徳興里古墳の墨書銘に見える被葬者について、卓越したご高見を披瀝されるなど、先生の学識の広さと深さには驚嘆するばかりであった。

いつも笑顔を絶やされず、楽しそうに学問の話に興じられていた温容は、私の心の中で永遠に深く生き続けられるであろう。ここに重ねて哀悼の意を表するとともに、ご令嬢である安家瑤先生や、私どもが側で見ていて羨ましいほど、いつも仲良く行を共にしておられた王仲殊先生のご心痛にも心をいたすところである。

（『アジア史学会ニュース』第三六号、二〇〇六）

おわりに――新たなはじまり

本書の冒頭部分の「はじめに」でも述べたように、昨年、二〇一八（平成三〇）年の秋には私の傘寿の祝宴が続いた。その際、最後の挨拶の中できまって、「還暦で生まれ変わっているので、やっと二〇歳になりました。これから青春を謳歌します」と述べて来た。かつてのアイドル歌手・西城秀樹さんも、「今が青春だ」と言っていながら早く逝ってしまったことは惜しまれる。また、最近、作家の下重暁子さんも近著で、「実年齢は八二歳。でも還暦で生まれ変わったので二二歳。不思議なことに、これまでの人生で今が一番頭も体もさえている」とおっしゃっているそうである（二〇一九年五月二一日付『西日本新聞』春秋欄）。世の中には、同じようなことを考えている人がいることを知って、とてもうれしく思った。

さて、本書の第一章では、私が東アジア考古学を勉強し、楽しむようになった道のりを振り返った。そして、第二章では、その間にめぐり会った先生方や知人・友人たちのことどもを述べた。そこで思うことが、私は時と所と人に恵まれたという感慨が無量である。幼少期から青年期にかけて生まれ育った摂津三島は遺跡の豊庫であった。ここの遺跡を見ていると、日本の歴史が見えてくるという思いさえ抱いた。そして、初等から高等学校にかけて、すばらしい先生方と、クラブ活動などの仲間たちに恵まれ、思う存分に歴史の勉強を楽しんだ。大学生から大学院生のころは、それぞれ奈良と京都という日本古代史の表舞台に身を置きながら、歴史の勉強に身体ごと励むことができた。さらに、青年期のはじめての就職先が奈良の都の遺跡の発掘であり、そして、錚々たる研究者群と切磋琢磨する機会に恵まれた。やがて職場は九州に移り、私の研究は本格化する。そこはいうまでもなく、中国大陸・朝鮮半島の先進的な技術や文化の受容の窓口である。朝鮮半島を中心とした東アジア諸地域の古代国家形成史と、東アジア諸地域間の交流史の研究をテーマとする私にとって、九州は時と所と人の諸条件が完備されているといっても過言ではない。それらの諸条件を最大限に生かしながら、いま記した研究テーマをエンドレスに追い続けたいと思う今日このごろである。

一方、一人の社会人としては、私がこれまで勉強して来たことを社会に還元したいという思いにも駆られる。基礎的な学術資料として貴重であるとともに、生活環境の一部としても重要である文化財の保存にも役立ちたいものである。さらに、東アジア史の研究にとって、調査や研究の成果が空白状況に近い北朝鮮の現状に鑑みて、学術交流の正常な展開を切望したい。そして、東アジアにおける平和の到来を夢みながら、従来どおり、勉強に励み、そして、勉強を楽しみたいと思う。

ところで、去る二〇〇九（平成二一）年三月に、『アクロス福岡文化誌』三の『古代の福岡』が発刊された。その際、私は「総説　古代福岡の歩みと対外交流」と題する小文を書かせていただいた。そのとき、編集を担当されたのが、海鳥社の田島卓さんであった。編集マンとして、その用意周到さといい、念の入った編集ぶりを見ていて、いつの日か田島さんに拙著を作っていただきたいと密かに祈念して来た。それがいま実現したのである。ＩＴが一切できず、また鉛筆書きの草稿など、ご迷惑を多々おかけしたにも拘らず、いつも気持ちよく対応して下さった。ここに心から感謝の誠を捧げたいと思う。

二〇一九（令和元）年八月三〇日

西谷　正

西谷　正（にしたに・ただし）
1938（昭和13）年、大阪府高槻市生まれ。1966年、京都大学大学院文学研究科（考古学専攻）修士課程修了。奈良国立文化財研究所研究員、福岡県教育委員会技術主査、九州大学助教授を経て、1987～2002年九州大学教授、1993～96年佐賀県立名護屋城博物館初代館長、2004～08年韓国伝統文化学校（現、韓国伝統文化大学）外国人招聘教授。現在、海の道むなかた館長、九州歴史資料館名誉館長、糸島市立伊都国歴史博物館名誉館長、九州大学名誉教授、名誉文学博士（東亜大学校・国立公州大学校）。
［主な著書・編著］『東アジア考古学辞典』（東京堂出版）、『魏志倭人伝の考古学－邪馬台国への道－』（学生社）、『古代北東アジアの中の日本』（梓書院）、『邪馬台国をめぐる国々』（雄山閣）、『古代日本と朝鮮半島の交流史』（同成社）、『北東アジアの中の弥生文化』『北東アジアの中の古墳文化』『地域の考古学』（梓書院）など。

私《わたし》の東《ひがし》アジア考古学《こうこがく》

■

2019年11月26日　第１刷発行

■

著　者　西谷　正
発行者　杉本雅子
発行所　有限会社海鳥社
〒812-0023　福岡市博多区奈良屋町13番４号
電話092(272)0120　FAX092(272)0121
印刷・製本　モリモト印刷株式会社
ISBN978-4-86656-062-5
http://www.kaichosha-f.co.jp
［定価は表紙カバーに表示］